鄧雲鄉

邓·云·乡·集

草木虫鱼

图文精选本

中華書局

图书在版编目(CIP)数据

草木虫鱼:图文精选本/邓云乡著. —北京:中华书局,2024.8. —(邓云乡集). —ISBN 978-7-101-16754-2

Ⅰ.I267.1

中国国家版本馆 CIP 数据核字第 2024FF5299 号

书　　名	草木虫鱼(图文精选本)
著　　者	邓云乡
丛 书 名	邓云乡集
策划统筹	贾雪飞
责任编辑	阎海文
装帧设计	刘　丽
责任印制	管　斌
出版发行	中华书局 (北京市丰台区太平桥西里 38 号　100073) http://www.zhbc.com.cn E-mail:zhbc@zhbc.com.cn
印　　刷	北京中科印刷有限公司
版　　次	2024 年 8 月第 1 版 2024 年 8 月第 1 次印刷
规　　格	开本/787×1092 毫米　1/32 印张 9½　插页 6　字数 133 千字
印　　数	1-5000 册
国际书号	ISBN 978-7-101-16754-2
定　　价	66.00 元

出版说明

邓云乡（1924.8.28—1999.2.9），当代著名作家、民俗学家、红学家。1936年初随父母迁居北京，1947年毕业于北京大学中文系，1956年因工作调动定居上海。

邓先生出身于书香世家，少年迁居北京后，于长辈亲族处耳濡目染，且游走于俞平伯、谢国桢、顾廷龙、谭其骧等前辈学者间，对旧京遗事、燕京风物、北平民俗等熟谙于胸，在著作中娓娓道来却让人耳目一新，被谭其骧先生称为“不可多得的乡土民俗读物”，是呈现书香文脉、补益时代人文的优秀文化读本。同时，邓云乡先生长期从事《红楼梦》研究，以着重生活风物、服饰饮食等考证著称，更因《红楼风俗谭》一书成为87版电视剧《红楼梦》唯一的民俗指导。

邓先生学养深厚，笔耕不辍，著作等身。2015年中华书局出版的《邓云乡集》17种，囊括了他绝大部分著述，出版以来广受好评。今在其百年诞辰之际，推出图文精选本，择其代表著作中迄今仍引领阅读风尚者，每册约取六至八万文字，配以相关必要图片，以便读者借助文史大家的提点，便捷地领略中华民族博大精深的文化魅力。

《草木虫鱼（图文精选本）》以2015年中华书局出版的《邓云乡集》中所收《草木虫鱼》为底本，收录畅谈草木虫鱼的文章44篇。此次新版，文字上改正了个别引文、所引书名等讹误，另配有图片近70幅，与邓先生行云流水般的美文相映成趣。

中华书局上海聚珍编辑部

2024年7月

目　录

草木虫鱼知识 001
话兰 008
荷与莲 017
菊有黄花 025
寒梅 032
海棠 041
牵牛·凤仙 049
芍药 056
牡丹 063
茉莉 071
桂花桂树 077
毒草 083
罂粟 089
烟草 098
水烟·纸烟 105
竹 112

树之以桑 121

梧桐 127

银杏王 134

白果树故事 140

古槐 146

槐荫文化 153

故园草木（之一） 159

故园草木（之二） 165

寒窗花草 171

蟋蟀 178

斗蛐蛐·听蝈蝈 185

虫趣话蜗牛 192

萤火虫 198

蝉与蛙声 203

苍蝇（之一） 209

苍蝇（之二） 215

虱子（之一） 221

虱子（之二） 227

龟寿 233

蝙蝠 239

鹦鹉 245

燕子·麻雀 251

小金鱼 258

鱼之乐 263

种鱼术 269

弄虫蚁（上） 280

弄虫蚁（下） 286

草木虫鱼文献 291

草木虫鱼知识

韩愈诗云："《尔雅》注虫鱼，定非磊落人。"诗题很长，在此不必全引，只是这两句话，就似乎已看出这位"文起八代之衰"，以"圣人"自命的韩文公的思想状态。中国传统儒家思想，总觉得知识分子的学问是应以经邦济世为主的，总是与政治分不开的，最高的理想是王佐之才，澄清天下之志，舍此之外，似乎再无学问。扬雄所谓"雕虫小技，壮夫不为"，连一些才子自命不凡的诗词歌赋都认为是"雕虫小技"，况等而下之为草木虫鱼作注释者乎？不过这是以天下为己任的圣贤之志，以及大量表面讲圣道、胸怀窃国志的"英雄"们的口头禅，而并非凡人所能想象的。一般凡人，靠自己双手做工种田，或手脑并用，爬格子乞讨稿费的人的想法则是另一种的，说的更具体些，就是更接近生活，更实际一些，也就更有情趣些。

生活是以物质为基础的，物质是自然界给予的，又是在生活中通过智慧和劳动创造的，没有自然界的给予，不可能有人类赖以生活生存的物质；没有智慧和劳动的创造，人类也不能丰富自己的物质生活，只能像动物一样向自然界获得赖以生存的原始物质。所以细想想，人类的学问，还是从最早认识自然一草一木开始的。因而草木虫鱼本身就是很重要复杂的学问。等到圣人们讲仁政、霸道等等大学问的时候，自然远在初步认识草木虫鱼之后了。

不过中国圣人讲大学问，却也有其独特的特征，就是不讲上帝，不讲神灵，而只讲人，或者说只讲圣人。比如说火，首先想到燧人氏教民钻木取火，这是《韩非子》中记载的；他是王天下的圣人。其次是祝融、阏伯，被人尊为“火祖”，享祀南岳，是《汉书·五行志》记载的。至于说所谓“火神”，这是因崇拜火神的波斯索罗亚斯德教的传入而流行开的，这是唐朝的事，远在燧人氏和祝融、阏伯等“火祖”之后了。至于那位偷窃上帝火种给予人间的天使，那是出于希腊神话上的外国故事，传入中国，为人所知，更是近代的事。比之于古老的燧人氏，那更是不成比例的晚生后辈了。就从此一例的分析上，也还可以看出中国人历来相信，生活知识进而至于全民文化，最早都是人教的，而非神赐的。谁能说中国人迷信呢？

◤ **神农**
山东嘉祥县武梁祠画像石

燧人氏教人钻木取火，有巢氏教人构木为巢，神农氏尝百草教民稼穑，嫘祖教民养蚕缫丝……最早的圣人们似乎都是以生活的知识和手段来教民的，到了“普天之下，莫非王土；率土之滨，莫非王臣”的年头以后，那情况就完全两样。那“钻木”“构木”“尝百草”，等等，都是“草木虫鱼”的雕虫小技了。不过虽然圣人不提倡，而老百姓还是十分爱好此道的，生活的观察越来越细致，劳动的创造越来越辛勤，知识的积累和传授、继承也越来越丰富，这样对自然的认识和掌握也越来越深刻了。到了中国文化典籍从无到有，孕育成熟，一一问世，集大成的时代，那关于草木虫鱼的知识已经十分完备，而且载入典籍，以垂永久了。自然这是众多人智慧和劳动的结晶，而非出于某一个神人、圣人的恩赐与教导。但是在众多的人中，智慧超群的人也是不断涌现的，自然他们在获得、创造这些知识中是起了更大作用的。

鲁迅曾经说过第一个懂得吃螃蟹的人，一定是一个十分勇敢的人。其实他这个笑话想得未免简单些，因为这“第一个”恐怕是很难选出的。先民生活生存，想来是群居的多，不要说当时还没有文字纪录，纵然有，恐怕也无法分第一、第二。再有纵然找出第一个吃螃蟹的人，恐怕也还是生吃的，不会蒸熟了，剥开来蘸着姜末、镇江醋，佐以绍兴老酒，悠悠然地吃。所以好多事，好多话，不细想尚可，一细想便不免有许多问题，纵然是被崇拜为“神人”的人，他们的话也还是值得推敲的。《韩非子·五蠹》中说得好，他道：

> 上古之世……民食果蓏蚌蛤，腥臊恶臭而伤腹胃，民多疾病，有圣人作，钻燧取火，以化腥臊，而民悦之，使王天下，号之曰燧人氏。

看来这位法家的话说得还是没有太大漏洞的。果蓏蚌蛤，腥臊恶臭，自然是生吃，这些或者包括螃蟹在内，最早吃它，恐怕并非贪九雌十雄的美味，当然更并无持螯对菊的雅兴，而只是肚子饿得恐慌，捉来能吃的各种植物、动物充饥，野果、野瓜、鱼类、蚌类，等等。大概懂得吃种子，还在懂吃野果、野瓜之后；懂得取火、熟吃，更在此后。懂得钻燧取火，自然也是智慧出众的有心人，这就是古代的“圣人”。自然人类由因饥饿而寻找食物，由生吃而熟食；由向大地自然界寻找野生植物、动物充饥，到懂得种植谷物、饲养家畜；由单一认识动、植、矿物的区别，到分出不同大类，不同小类，单一名称，各自特征……这中间经过了没有文字记载的十分漫长的岁月，其间不知经过多少智慧超群的有心人的仔细观察、比较研究，传授给众人，这样创造了最早的文化，也可以说是草木虫鱼，自然也包括鸟兽的早期的知识、学问，完成了人类认识自然、利用自然、改造自然万物的初级阶段。关于这点知识的获得过程，我想中外大概是一样的。

这种认识，又历多少世、多少劫之后，那就是花柳含情、草木生春，虫鱼亦通人性了。读近人孙宝瑄《忘山庐日记》，有一段以虫比人的文字，小有情趣，现引于后，以见人类对草木虫鱼认识的升华吧。原文如下：

以虫比人，蚕是鸿哲大儒，吐其丝纶，衣被天下。蜂为名将相，部勒有法，赏罚严明；酿花成蜜，犹之造福地方也。蝶是名士，爱花嗜酒，倜傥风流。蝉乃高人，吸风引露，抱叶孤吟。蟋蟀闺妇也，蜻蜓江湖游食之人也，蜘蛛土豪也，蚊蚋马贼，蚤虫鼠窃也，苍蝇依附势力之小人也，螬蠹猾胥狡吏也，臭虫奄宦及恶丁劣役也，粪中蛆乃纨绔子弟及持禄保位之公卿也，惟蝼蚁确是务本业安分守己之善良百姓。

试问读者，感觉他的比喻如何呢？

话 兰

兰花，文人的花，小时候学写春联，写熟了“芝兰君子性，松柏古人心”这副联语，感到莲花也是君子，兰花也是君子，花中的君子似乎真不少，人中的“君子”呢？幼稚的心灵中，常常产生了这样的疑问。后来长大了，为生活，挣扎了几十年，幸而还算好，没有遭遇到更大的危险，居然活了过来，这就慢慢懂了什么是君子，什么是小人；什么是君子中的小人，什么是小人中的君子；什么是伪中伪，什么是真作假……这也就懂了以兰花比君子，似乎也真是天真的幻想了。自然界哪里有人类社会中那样的复杂呢？

香草美人以喻君子，这是屈原的创作，是《离骚经》的寄托。其实草自是草，人自是人，本是两不搭界的。《诗经》“方秉蕑兮”一句，在陆玑《毛诗草木鸟兽虫鱼疏》中说：

> 蕑即兰，香草也。《春秋传》曰“刈兰而卒”，《楚辞》曰“纫秋兰”，子曰“兰当为王者香草”，皆是也。其茎叶似药草，泽兰但广而长节，节中赤，高四五尺。汉诸池苑及许昌宫中皆种之。可着粉中，故天子赐诸侯茝兰，藏衣著书中辟白鱼也。

从这简短的注疏中，我们对古代兰花，起码有三点理解：一［是］兰花既是专指一种草，又是广义的香草名称。用现代植物学分类法说，就是兰科植物。而兰草、兰花又是两种东西。现代植物学中，兰草属菊科植物，而兰花才是兰科植物。自然它也是草本。二是汉代以来，兰花已是人工培养，而非野生的了。但所说“节中赤”“高四五尺”，等等，这又是指属于菊科植物的兰草，而非兰花。在这点上，陆玑说的是不清楚的。三是强调它的除虫作用，用现在话说，是药用价值；但说来说去，是偏于芳香物质方面的，并未说到精神方面的比喻，什么香草美人以喻君子，等等。李时珍《本草纲目》中道：

兰有数种，兰草、泽兰生水旁；山兰，即兰草之生山中者。兰花亦生山中，与山兰迥别。兰花生近处者，叶如麦门冬而春花；生福建者，叶如菅茅而秋花。黄山谷所谓“一干一花为兰，一干数花为蕙”者，盖因不识兰草、蕙草，遂以兰花强生分别也。兰草与泽兰同类，故陆玑言“兰似泽兰，但广而长节”。《离骚》言其绿叶紫茎素枝，可缀、可佩、可藉、可膏、可浴……若夫兰花，有叶无枝，可玩而不可纫佩藉浴、秉握膏焚，故朱子《离骚辨证》言：“古之香草，必花叶俱香，而燥湿不变，故可刈佩。今之兰蕙，但花香而叶乃无气，质弱易萎，不可刈佩，必非古人所指甚明。古之兰似泽兰，而蕙即今之零陵香。今之似茅而花有两种者，不知何时误也。”

◤《兰花竹石图》
（元）赵孟頫绘
上海博物馆藏

李时珍不愧为药物学家，不但旁征博引，把兰草、泽兰、兰花（也叫“幽兰”），古今误传混淆之处，分析得清清楚楚，而且还画了图，这就更十分切实，说明是经过实地调查研究，是真正博物家的科学方法，不比一般文人墨客抄书杜撰了。这种精神十分令人佩服，可惜我做不到。虽然改造了若干年，而似乎仍是不辨菽麦的天下最无用的书呆子，虽然乱说，总是纸上谈兵，实际知识是很少的。大观园中香菱姑娘斗草，还会说“一箭一花为兰，一箭数花为蕙。凡蕙有两枝，上下结花者为兄弟蕙，有并头结花者为夫妻蕙……”而我对兰花连这点知识也没有。但看了李时珍的论证，才知道香菱这点知识——或者说曹雪芹关于兰花的知识，是根据黄山谷说的。而这一说法，又被李时珍批评为“不识兰草、蕙草，遂以兰花强生分别”。因而可以看出黄山谷也好，曹雪芹也好，这些文人，一遇到实事求是的科学态度，也便谬误百出了。自然，要是遇枪杆子，那就又要另当别论了。

不过，李时珍文中所说“兰花生近处者”一句，却不够科学，这“近处”二字何指呢？李时珍是湖北蕲州人，是指他家乡近处呢？还是指其他地方近处？很不确切。实际上我们现在说兰花，其著名产地，并不在湖北蕲春，而是在浙江。现在春天开花的春兰，著名的是杭兰、瓯兰。秋兰称建兰，产在福建。明王象晋《群芳谱》记兰花甚清楚。文云：

> 兰幽香清远，馥郁袭衣，弥旬不歇。常开于春初，虽冰雪之后，高深自如，故江南以兰为香祖。又云：兰无偶，称为第一香。紫梗青花为上，青梗青花次之，紫梗紫花又次之，余不入品。建

兰茎叶肥大，苍翠可爱。其叶独阔，今时多尚之。叶短而花露者尤佳。杭兰惟杭城有之，花如建兰，香甚，一枝一花，叶较建兰稍阔。有紫花黄心，色若胭脂；有白花黄心，色若羊脂，花甚可爱。

除此之外，还有真（珍）珠兰，还有四川出产的伊兰，温州、台州出产的风兰，广东出产的朱兰，等等。宋赵时庚编的《金漳兰谱》，著录二十二品。宋王学贵所编《兰谱》，著录五十品。而现在园艺学十分发达，引进外国种兰花甚多，兰花品种，详细著录，那恐怕有数百种之多了。

兰花是文人的花，也是江南的花，野生的兰花生在江南冬天不结厚冰的常绿山中。在寒冷的北国，一到严冬，大雪封山，只有“岁寒，然后知松柏之后凋也”的松柏，还能青苍挺立。柔弱的兰花，叶既无法生存，根也要冻坏了。因此在北方很少听说野生的兰花，纵然有，也都是人家种在盆中的。半世纪前，在北京中山公园行健会，经常摆着兰花展览，但人们也

◥ 钱载兰花图扇页
故宫博物院藏

不大注意，只有少数艺兰专门家互相品赏。我就一点也不懂，很少仔细观赏，只注意到兰花怕烈日暴晒，因此兰花盆架上面，夏天自然搭着天棚，平时也有竹帘凉篷，冬天自然都移到房中去了。兰花虽然高雅，香味很强烈，但花朵并不艳丽，因此一般市俗的人，看牡丹、芍药、桃花、李花、荷花、菊花……却不懂赏兰花。我也一样，从小生长北国苦寒山中，土头土脑，长期身上没有一点雅气，又不会冒充风雅，因而一直不懂欣赏它，至于培育艺兰之道，更是一窍不通了。

忽然有幸漂泊在江南的上海，三十多年前，偶经街头，看见卖兰花的担子，一角钱一盆，忽动雅兴，买了一盆，摆在案头，居然开出两三朵淡绿的小花，不经意中有一股幽香拂来，的确不错。这样我懂了摆兰花，但不会培育，第二年春天，不但不再开花，而且枯萎了。我便再买了一盆，结果一年之后，又枯萎了。我还不死心，持续买了三四年，也学人家去买山泥，等等，可是总是养不活。后来开始做“牛鬼蛇神”，自己的活命都成问题，就无力再顾兰花的性命了。沈三白《浮生六记》云：“爱花成癖，喜剪盆树。识张兰坡，始精剪枝养节之法……花以兰为最，取其幽香韵致也，而瓣品之稍堪入谱者，不可多得。兰坡临终时，赠余荷瓣素心春兰一盆，皆肩平心阔、茎细瓣净，可以入谱者。余珍如拱璧。值余幕游于外，芸（三白妻）能亲为灌溉，花叶颇茂。不二年，一旦忽萎死。起根视之，皆白如玉，且兰芽勃然，初不可解，以为无福消受，浩叹而已。事后始悉有人欲分不允，故用滚汤灌杀也。从此誓不植兰。”沈三白多才多艺，是文人又精于园艺的，这段艺兰文字写得十分细致，

“从此誓不植兰”一句，执着耿耿之情，跃然纸上。不过“欲分不允”与“誓不植兰”两句结合看，也可看出这对多才多艺的夫妻胸襟多么狭窄，虽处乾嘉盛世，三吴锦绣之邦，还有石琢堂那样的状元朋友，却仍然处处碰壁，坎坷终身，不是没有原因的了。

兰花是雅人的花、文人的花，我也有几位精于艺兰的好友，我却始终无心学，也弄不来，看来只能做个不学无术的俗人了。

荷与莲

“莲，花［之］君子者也。”小时候读熟了周敦颐《爱莲说》这句话，便对莲花产生了憧憬，虽然偏僻的北国山乡，没有莲花，但想象中的莲花还是那样真切。后来又知道荷花就是莲花，又知道菡萏、芙蕖也是莲花。对这一品而多名的名花，知道的就更多了。

“彼泽之陂，有蒲与荷”“彼泽之陂，有蒲菡萏”，这是《诗经·陈风》中的章句，陆玑《毛诗草木鸟兽虫鱼疏》中道：

荷，芙蕖，江东呼荷，其茎茄，其叶蕸，茎下白蒻，其花未发为菡萏，已发为芙蕖。其实

◥《爱莲图》

（清）丁观鹏绘

台北故宫博物院藏

莲，莲青，皮里白子为的，的中有青长三分，如钩为薏，味甚苦。故俚谚云“苦如薏”是也。的五月中生，生啖脆，至秋表皮黑，的成实，或可磨以为饭，如栗也。轻身益气，令人强健，又可为糜。幽州、扬、豫取备饥年。其根为藕，幽州谓之光旁，为光如牛角。

虽是名书，毕竟是古老的记载了。所说“其茎茄，其叶蕸”，这不但在口语中听不到，无人知晓，即在古人诗文中也很少看到。所说“谚语”，应是当时最普通的俗语，现在江南似乎也未听人说起过，可见其古老了。只有菡萏、芙蕖在古人诗文中还偶然见到，“太液芙蓉（或作芙蕖）未央柳”“菡萏香消翠叶残”，这不都是常诵的名句吗？至于所说莲子，江南人叫“莲芯”，可以吃，而且“轻身益气，令人强健”，照现在说法，其营养价值、药用价值都很高，这同现在人的理解完全一样。而这一科学认识，在一两千年前，在民间就很普遍，这不也正可见我国古老饮食文化文明先进之一斑吗？

小时生长在荒寒的北国山村，多水而又少水，山洪下来，浊浪滚滚，盈川满谷；而山洪过后，平常时候，想找一泓清池，种莲栽藕，得莲叶田田之趣，那是无处寻觅办不到的。山涧中，纵有汩汩清泉，但流不成池塘，只在饮用之余，一任其东流而去了。有一二好事者，在大缸中种莲花，长个三五片叶子，开上一两朵花，也不成气候。故乡祖宅庭院中夏日花木不少，但也未种过莲花，因而童年时，虽然读熟了《诗经》中的“彼泽之陂，有蒲有荷”和短短的《爱莲说》，对大片荷花却从未见过，也未想过。只是有一样，对莲子却很爱吃，过年时，上面铺满莲子、上浇糖汁的八宝饭，不用说了，真是又甜又香又糯。即在平时，也常吃冰糖莲子羹。虽然是山乡古镇，但街上的杂货铺中，干果海味照样有得卖，海参、干贝、莲子等并不稀奇。平时煮莲子羹，都是母亲亲自动手，把干莲子用温水浸上，浸到一定时间，然后我陪她慢慢剥那绛色的衣，用银针捅那嫩绿的苦芯……

不过总的说来，在我国莲花的生长区域，远较梅花为广。因它虽是水生植

◥ 颐和园荷花池（十九世纪后期）

物，但是炎夏季节盛开的花朵，在盛夏的气温，南北各地相差并不甚大，因而在北国，如有水面，夏天也能长很好的莲花。比如河北省白洋淀水泽地区，就有大面积荷塘。承德避暑山庄也有大片大片的荷花。至于北京，那就更不用说了。前三海、什刹海、后海、昆明湖、被焚毁的圆明园福海，这都是著名的赏荷胜地。旧时有的是皇宫内苑，有的是普通老百姓游览胜地，都以荷花为中心。荷花市场、莲花灯、荷叶饼、荷叶粥、莲子粥、鲜莲子冰碗、莲花白、莲蓬、白花藕……随便一数，就有这么许多富有诗情画意与荷花有关系的事物。连“夹天（按，通行作“接天”）莲叶无穷碧，映日荷花别样红”的杭州西湖都比不上，不用说其他城市了。我也不能深刻理解，为什么北京人这样喜爱与莲花有关的事物。我想不外乎三种原因：一是北京有种荷花的自然条件，西山下来的一股好水，在低洼地区聚成大大小小的水面。都又不太深，正好种荷花。二是多少受一些莲台法座佛教的影响，好多工艺雕刻，都刻成莲花，如四合院垂花门的垂花，大多都刻成莲花。一般人虽不懂《妙法莲华经》、“莲社九宗”等禅理和佛教故事，但每年七月七日、七月十五盂兰法会、闹盂兰、烧法船、放河灯、点莲花灯，却都是大人小孩都爱好的事。三是北京旧时人们懂得生活情趣，连卖肉的屠夫，都懂得生活的美，霜雪般的快刀，一挥就切下一片准斤准两的雪白鲜红的五花鲜猪肉，放在碧绿的鲜荷叶上，让你托回家去……这不比任何里三层、外三层的人工包装还美吗？其美在于新鲜、自然、明艳，有生活趣味。

人说荷花一身都是宝：藕、莲子这都是很好的食品，自不用说了。剥了莲子的干莲蓬、莲叶、莲梗，都是很重要的药材。根、梗、花、叶、子以及苦苦的莲芯，无一不为人所利用，无一不对人作出贡献。这样的奉献精神，却没有清冷的梅花、艳丽的牡丹、幽雅的兰花等被人重视，实在是很不公平的。

莲花的种类也很多，据明人王圻《三才图会》记载：有千叶黄、千叶红、千叶白、红边白心、马蹄莲、墨荷，等等。但在北京、苏州二地，一般常见是红莲、白莲二种，而吃藕则以白莲为最好，北京市声

“哎——白花藕来——”，曼长而美妙，可解宿酲，可醒午梦，苏州葑门外金鸡湖一带的村姑，蓝印花布头巾、蓝印花布做裙，滚圆的肩臂，扭动着腰肢，在晨曦中挑着百来斤的白花藕担子进城来卖，那比茁壮的亭亭玉立的盛夏白莲花、红莲花还好看，是健康的美、生活的美，而不是癞蛤蟆鼓气般所谓健美比赛中丑态百出的“美”。

红莲好看，像少女的笑靥；白莲更动人，像年轻孀妇的淡妆……昆山有并蒂莲，这是稀有的吉祥花，因其不普遍，实际只是名称好听，也没有多大意思。

有一年我住在杭州里西湖，正是五月间荷钱初浮水面时，常在湖边看那漂在水面上的荷叶，小鱼在水中钻来钻去，我忽然想到古诗中“莲叶何田田，鱼戏莲叶东，鱼戏莲叶西……”的妙趣，原来咏的是新出水的荷叶。等到万柄碧荷，一望无际时，又哪里看得到叶底的游鱼呢？

我不止一次在昆明湖、北海等处于狂风暴雨中看荷花，那万柄荷叶，在狂风中像海浪般地翻滚，墨绿灰白的色彩在跳动，转瞬之间，大雨点劈劈啪啪，像无数雪白珍珠跳动在绿叶上，光彩四射，接着倾盆大雨，从天而降，一片空蒙，不分上下，荷叶荷花，千枝万柄，披离在水中、雾中、迷蒙中……一会儿雨过天晴，荷叶上滚动着晶莹的水珠，青蛙咯咯地又叫了，突然，一个翠绿的小蛙跳到荷叶上，红色的花，在斜阳中，在彩虹中，照耀着……

有一年秋天，坐火车去成都，行经汉中万山中时，正是晨光曦微之际，火车一会儿钻进山洞，一会儿钻出山洞，每出山洞，便见极小的山村人家，都有一小片荷塘，虽翠叶残破者已多，而尚有残花红艳照人，楚楚于秋风晨露中，偶有白鹭立在荷花边上，火车经过，忽然飞起……这是我生平所见另一种极为动人的荷塘小景。

荷花也是足以代表悠久文化的花，它也可以入乐，梅花有“江城五月落梅花”的《梅花三弄》，荷花也有“开口便唱《莲花落》，落尽莲花哪有人”的《莲花落》，这却是真正的平民文学呀！

菊有黄花

在中国，花总是与文化关联着；甚至，总是和文学艺术联系着的。说到菊花，人们首先想到就是几千年前的老话："鞠有黄华。"接着就想起"采菊东篱下，悠然见南山"的自然、闲适。至于"帘卷西风，人比黄花瘦"，那又是闺秀情怀，千古绝唱了。

梅花是因了诗人的赞赏和寄托感情而声名大振的；菊花同样如此，晋陶渊明独爱菊，周敦颐《爱莲说》中便说："菊，花［之］隐逸者也。"从此之后，不少种菊花的文人，便以隐逸标榜了。当然，隐逸也得吃饭，还得有点无求于人的财力，有点种菊的土地，不然隐逸也就做不成。因为隐逸还是"自由人"，"山汉交了粮，上山为了王”，只要完了国家课赋，便能自由自在做隐逸。而催租吏一至，也便马上愁容满脸了。所以当年陶渊明做隐逸，也不是十分容易的；自然现在就更不可能了。

闲话少说，还是回来再说菊花。“鞠有黄花”，“鞠”就是菊，似乎从古以来，黄色的菊花就是正宗，而且都是小朵的。所以书上称这种菊花叫“真菊”，这才是真正的菊花。《群芳谱》中说：“甘菊，一名真

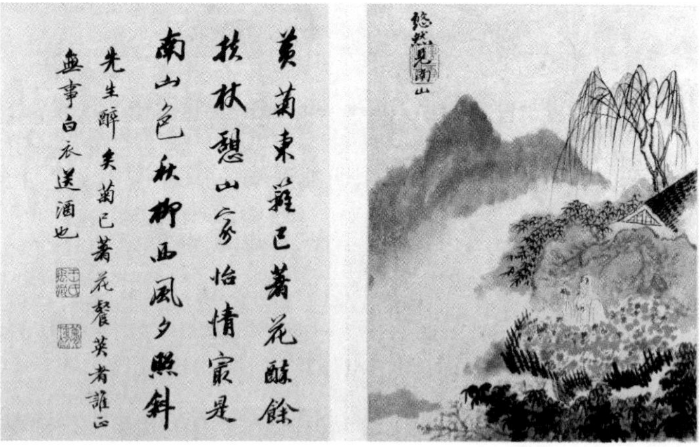

◥《陶渊明诗意图》（局部）

菊，一名家菊，一名茶菊，花正黄，小如指顶，外尖瓣，内细萼，柄细而长，味甘而辛，气香而烈，叶似小金铃而尖。”

照《群芳谱》所写，这种真正的菊花，虽然颜色正黄，但花很小，好像并不好看。所说“气香而烈”，在实际生活中，好像菊花香并不浓烈。像兰花、丁香、桂花等芳香花木时时飘着香的菊花我从未嗅到过。《群芳谱》中同时说：“九华菊乃渊明所赏，今越俗多呼为‘大笑’，瓣两层者曰‘九华’……九月半方开，昔渊明尝言‘秋菊盈园’，其诗集中仅存‘九华’一种。”

“九华”这一名称是很古老的了，而延续到后代，北京人一直把菊花叫作“九花”。右安门外的花农，早上挑着花担子带着朝露、迎着晨风，串胡同叫卖菊花：

“栽——九花哎——”

声音抑扬而漫长，叫你“栽”，而不是叫你买。《燕京岁时记》云：“以九花数百盆，架庋广厦中，前轩后轾，望之若山，曰九花山子。四面堆积者曰九华塔。”这同现在的菊花展览一样，一摆大概就是几十盆、几百盆，五彩缤纷，争奇斗艳，洋洋大观。其实对这种“隐逸花”说来，千百盆摆在一起，并没有什么看头，因为显示不出其风格，况且千百个“隐逸”聚在一起，那还叫“隐逸”吗？弄不好还有聚众闹事、图谋不轨的嫌疑呢！菊花最好赏在萧疏之致、自然之态，东篱秋色、田野风光，一登富贵之堂，便全无韵味了。我最讨厌看一个大盆中植蒿子根，上面插上千百朵同样颜色的菊花，像把大洋伞或大蘑菇一样，全无生趣，把自然的生机、自由生长的生命，人为地束在一起，并不引人注意，转瞬之间，严霜一打，全部枯萎，连根拔掉，扔到垃圾堆中去了，真是何苦呢？我有时由此联想到大小运动会开幕时的团体操之类的项目，那每一个表演的男女小人儿，似乎也像那菊展时插在一起的千百朵大盆菊花一样的无聊……世界上相似的事似乎太多了。作为菊花，我宁可生长在荒村野店的篱边墙下，也不愿被插在千百朵同样命运的大盆中，被摆在公园门口，但菊花又哪能自己掌握自己的命运呢？

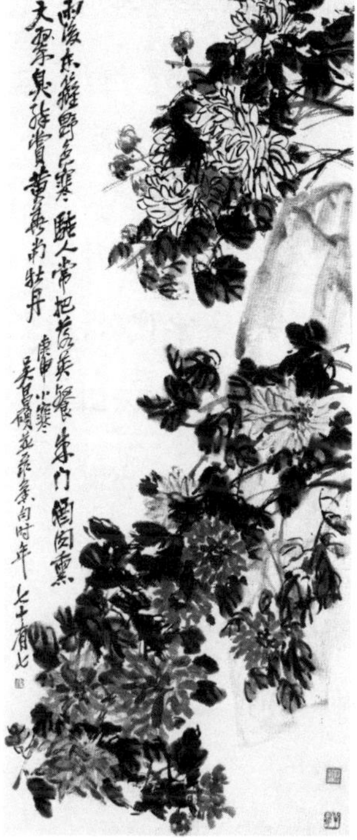

◤《设色菊花图》
吴昌硕绘
上海博物馆藏

说来菊花实际是最易培育的花种，在春夏之交，把菊丛上的头，随便拗几枝下来，插在泥土中，适当浇点水，一两天后那已发软的叶子就会挺起来，下面已生了根，到了秋天，就会开出大朵的菊花。即使住在楼上，没有寸土之地的人家，也可在阳台上、窗台上种上一两盆菊花，黄的固是正色，白的、紫的也无妨，到秋来总能有花可看、有菊可对。在熙熙攘攘的生活拼搏中，偶然以疲劳不堪的眼光，于室中望一望盆中的秋色，也可以感受片刻的生趣，感到自己还是个活人，而不是任何动物或机器。

我国艺菊的工艺，自何时开始，一时是说不清楚的。大概在“鞠有黄华”的时代，菊花还是野菊花。只是人们已注意到它是秋天九月的花朵，称之为“节华”。汉崔寔《四民月令》云：“九月九日，可采菊花，收枳实。”

李时珍《本草纲目》中引《本草经》并崔寔《月令》，解说甚详。据云：“菊，一名节华，一名傅公，一名延年，一名白华，一名日精，一名更生，又云阴威，一名朱嬴，一名女华。”又云：“节华之名，亦取其应节候也。”李时珍是注意到它药用价值，而不是从赏花上着眼。陆佃《埤雅》、蔡邕《月令章句》，都说“鞠”，草名也，都未说到赏玩、种植的事，大概那时还是以野生为主。

园艺种植菊花，大概自唐宋以后，品种日繁，这就完全是人工培育的，而且也不只是黄色的了。宋人刘蒙《菊谱》著录洛阳刘家菊有三十六种。史正志《菊谱》著录吴门菊花有二十七种。而范成大《范村菊谱》著录仅范村一地就有三十五种之多。其《秋日田园杂兴》绝句之十云：

菽粟瓶罂贮满家，天教将醉作生涯。

不知新滴堪篘未？今岁重阳有菊花。

南宋虽是偏安局面，看当时范村的农家生活还是很安宁的，菊花便是很好的点缀和说明。

明人王象晋作《群芳谱》，著录菊花已有二百七十五种。黄色九十二种，白色七十三种，红色三十五种，紫色三十一种，粉红色二十二种，杂色二十二种，已经洋洋大观了。而清康熙时御敕编撰的《广群芳谱》，菊花著录已增至三百一十六种。时至今日，园艺科学日新月异，那菊花的品种究竟有多少，恐怕谁也说不清了。同样，历代有多少菊花诗，也是一个无法统计的未知数。对此，也就不必再多说了。

寒 梅

梅花是名气很大的花，其所以名气大，大概是因为它有些独特之处，在其他花都还没有开放、气候仍然寒冷的时候它先开，这就与众不同，所以它名气大。但是寒冷是相对的，在十分寒冷滴水成冰的地方，它便又无法生长了。不要说在冰天雪地的黑龙江、蒙古草原……即使以做了上千年都城的北京来说吧，梅花在户外也是种不活，或是种活也很难开花的。有的人为此花了不少精力，想在北京种活梅花，使之也像江南一样，来它个“疏影横斜水清浅，暗香浮动月黄昏”，但很难办到。偶有例外，也鲜为人知。旧时枝巢老人（夏仁虎先生，台湾女作家林海音的公公）《旧京琐记》

记云：

北京梅树无地栽者，以地气冱寒故也。城中惟贝勒毓朗园中有之，地属温泉，土脉自暖。余尝于二月中过之，梅十余株与杏花同时开放，惜皆近年补种，无巨本也。

这已是绝无仅有的稀罕物了，可是还

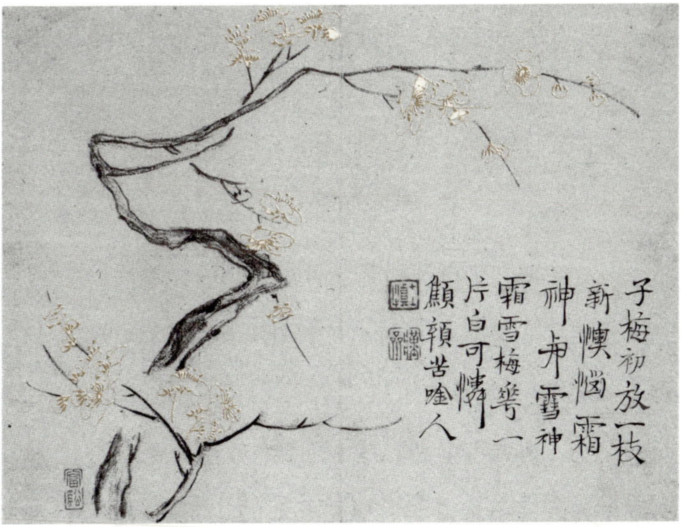

《梅花竹石图》（局部）
（清）汪士慎绘
上海博物馆藏

是在二月中与杏花同时开放，比江南梅花开放的正月下旬，大概要晚上十天半个月。似乎也很难算作真正的梅花。词人张丛碧先生（按，即张伯驹）也是好事者，当年作为贵公子，游历江南，弄回四株梅树种到北京寓中，纸窗草荐，勤加护理，但也只活了一株。特写《凄凉犯》记之云：

美人载得同归去，伊谁为缔红索？作花管领，安排纸帐，画阑楼角。霜寒忒恶，倚修竹、衣单袖薄。似明妃、胡天不惯，抱恨向沙漠。

闻道江南事，尘劫初惊，暗消欢乐。怕辜胜赏，想东风、早经零落。唤住冰魂，好重叠、龙绡护着。有前盟、卧雪晚岁肯负约。

词是好词，花也是好花，可惜在北国种不活。说来梅花也只是江南地带特有的好花，“十月先开岭上梅”，这是指大庾岭的梅花，地近亚热带，开得最早。而再往南，南到海南岛，热带气候，没有冬天，没有寒冷，梅花又不稀奇了。梅花正要的是江南的清冷，气候潮湿，冬天又不会地冻三尺，而只是零度上下的气候，这样它才能开出冷艳寒香的花朵，这就是其特征了。

《诗经》中《秦风》有云:“终南何有，有条有梅。”陕西终南山之南，接近长江流域气候，所以有梅树。所以十五《国风》中只有《秦风》写到梅树，其他则没有。至于《书经》中的“若作和羹，尔惟盐梅”，那是指辛酸的梅子，而非梅花。汉魏之后，中国文化中心南移，大多文人墨客都生长在长江流域，因而对于这开在百花［之］先的梅花，从小看惯，就特别赏识，吟梅的诗篇，写梅的画幅，也就车载斗量、汗牛充栋了。

梅花大大被人重视赏玩，是在唐宋之后。范成大《梅谱》云：

> 梅，天下尤物，无问智贤愚不肖，莫敢有异议。学圃之士，必先种梅，且不厌多，他花有无多少，皆不系重轻。

这简直是梅花唯我独尊了。范成大是苏州石湖人。“年年送客横塘路”，横塘连着运河、石湖，边上就是楞伽山、天平山、邓尉山，是江南最著名的看梅花的地方。著名的“香雪海”与他所住［的］石湖范村近在咫尺，那真是花的世界、香的海洋。十几年前，在花时我几次去观赏，方圆多少里的山村，全是老梅树，被雪白的、绯色的花所覆盖着，云蒸霞蔚，站在高处，一眼望不到头，汽车经过时，花枝像林荫道一样，几十分钟走不完。

梅的种类，据《梅谱》记载：有江梅、早梅、官城梅、消梅、古梅、重叶梅、绿萼梅、百叶缃梅、红梅、鸳鸯梅、杏梅等品种。但是我只能说，实际上分不清。我在香雪海得到的一些知识，只能区分一般白梅，未开时，花萼绯色，开后颜色变淡，成为稍泛绯韵的白色。绿萼梅，花萼碧绿，开后变白，但也稍泛绿光。胭脂梅，有两种，一种近朱红，一种近海棠红，十分冷艳。但一般梅园中较少。因为大面积种梅树，目的不是看花，而是结果，梅子酸酸的、甜甜的，原是姑娘们爱吃的食品呀，何况“青梅如豆柳如眉，日长蝴蝶飞”，这如豆的青梅，又是多么引人神思的呢？

林和靖“梅妻鹤子”的故事，是梅花中最有名的。当年林处士隐居孤山时，那里有多少梅花，现在不知道。但是在三十年前，我每年寒假回杭州岳家时，总要去几趟孤山，徘徊在放鹤亭畔的梅林中，看到的却都是一些小梅树，远没有香雪海梅林繁盛。而且杭州气候在冬天很冷，赶上寒云酿雪天气，在那些小梅林中看花，虽然清幽到极点，但那阴湿寒冷的感觉，实在够人受的。在这种气候中，穿任何皮衣，都感到有一种透骨寒意。我真怀疑林和靖怎么会想到“梅妻鹤子”，真是一颗标准“冷酷的心”，是可以欣赏，却是无从效法的。

梅花似乎只是诗人的花、画家的花。据传近代人彭玉麟，有万首梅花诗，而我却只记得他“彭郎夺得小姑回”一句诗，对于他的梅花诗一句也不知道，他这万首梅花诗真是白写了。抵不上“疏影横斜”十四个字，可见文学艺术上，有时数量是战不胜质量的。

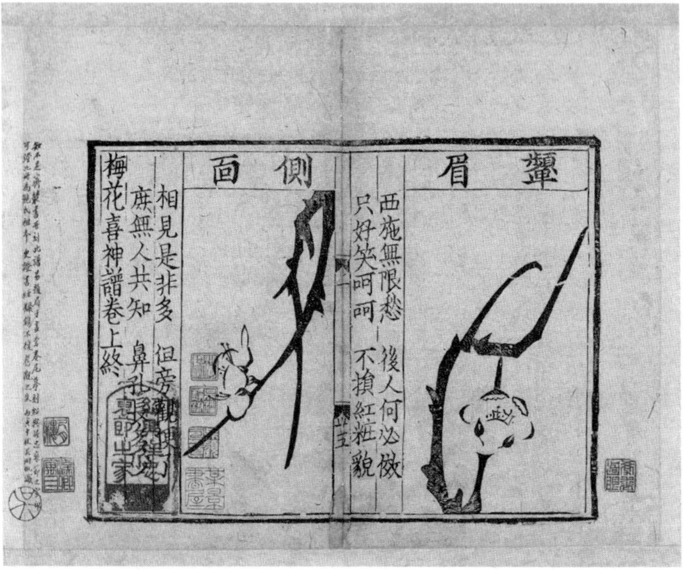

◥《梅花喜神谱》（局部，南宋景定二年［一二六一］刊）上海博物馆藏

说起画梅花，首先想起宋人宋伯仁的《梅花喜神谱》，那真是一本别开生面的有趣味的书，有好事者曾翻印过，我也有一本，却被“煞神”抄家时抄走了。可见“喜神”遇到“煞神”，那还是要一败涂地的。实际所说画家画梅，那也还是文人画，我见过最精彩的一幅是傅青主的墨梅，八尺大宣纸用草书笔法圈点满纸，近看一片糊涂；

离开三公尺观赏，繁花密枝，缤纷满树，枝枝可见，朵朵可嗅，恍疑蜂蝶飞舞其间，真是叹为观止的神品。我却有时想，傅山是山西人，生平似乎没有到过江南，并未见过大株的梅树，为何能画出这样神似的墨梅呢？专门临摹古人的作品，似乎难以画出这样的神品，真叫人纳闷！

诗人的花也好，文人画也好，看来梅花本身还是因文人的赞赏而大大出名的。当年南京政府还把它定为国花，直到现在台湾还在使用，亚运会台湾运动员衣服上还绣着，这不知是谁的主意。却未想到，这只是江南一隅的冷艳名花，却不能覆盖寰宇的。我从小生长在北国苦寒的山乡，冬天户外冻土三尺，一派荒漠的黄土地、黄土山，只有大雪时的雪花，哪里还有什么其他花朵。正月十五闹元宵，拗个枯树枝，粘点纸花，插枝蜡，谓之“干枝梅灯”，心里却想着江南的梅花，这朦胧的憧憬，寄托着苦寒地区山汉的梦幻，想想多么可怜呢！

我第一次看见真的梅花，是在近六十年前的北京。过年了，父亲从花局子买了两盆盛开的梅花，放在烧着洋炉子、开水壶从早到晚突突响着的堂屋中，阳光照着，热气蒸着，真香呀，真艳呀！这是生平所见最幸福的梅花。虽然是种在盆中的，是龚定庵《病梅馆记》中所说的那种梅花，但靠花匠的手艺和北京人家房中的温度，那花开得实在繁艳，给人的感觉是热烈的，和江南清冷的梅花实在不同。我始终是眷恋着前者而感伤着后者。“纸帐梅花旧梦觉”，这梦总是江南清冷的梦；而在梅花开时，我总是胆怯江南的春寒啊！

海　棠

《红楼梦》中写怡红院，写了一株海棠，名叫“女儿棠”，说是有闺阁风度。又配了一株芭蕉，蕉、棠映照，就显现了“怡红快绿”的境界。同书中又写了作诗兴诗社，因了两盆白海棠，故名“海棠社”。一个是春天开花的木本海棠，一个是秋天开花的草本海棠，又叫“秋海棠”。过去人说中国地图，像一张秋海棠叶子，因之有人从小说改编成为话剧的《秋海棠》，当年演出时，曾轰动南北。

曹雪芹写《红楼梦》，为什么在这样重要的地方，都突出了海棠，目的何在？是有心还是无心，这且不去管它。但是读书人，即对花木不大注意的读书人，

◥《红楼梦赋图》之“海棠结社”

却容易弄混了，以为是一种呢。

海棠的种类很多，木本中有四大类，即贴梗海棠、垂丝海棠、西府海棠、木瓜海棠。花色有大红、粉红、粉白，花瓣有单瓣、重瓣。秋海棠草本，也有许多种，四季海棠、竹节海棠、斑叶海棠、毛叶海棠等。秋海棠还有别名曰“相思草”“断肠花”。据《花镜》所载，秋海棠一般红色、嫩红色。而变种也有黄、白二色。所以贾芸弄到两盆白色海棠孝敬宝玉，也只是比较少见而已，并不十分稀奇。

木本海棠四大品种，在植物学中，还不同属。如贴梗海棠，属蔷薇科木瓜属；而西府海棠，则是蔷薇科苹果属；至于垂丝海棠，则是把海棠接在樱桃树上，接枝而成，本身并不是一独立品种。四种海棠，贴梗开花最早。而最美丽娇艳的，还要属垂丝和西府两种。《花镜》中述西府海棠云："二月开花，五出，初如胭脂点点然，及开，则渐成缬晕明霞，落则有若宿妆淡粉。"

其述垂丝海棠云："其瓣丛密而色娇媚，重英向下，有若小莲，微逊西府一筹耳。"

两点说的都很简明扼要，因为海棠之美，一在于花色娇嫩，像少女之唇色、脸色，红中有白，白中有红，不胜娇羞；二是开花是一簇簇的，三五朵一簇，三五朵一簇，密缀枝头，开得十分繁。比之于日本樱花，繁密虽不及，但其娇红颜色，远远过之。当其盛开时，用“云蒸霞蔚”形容之，一点也不过分。儿时住在北京苏园，在其园中花厅前，有两大株西府海棠，年年着花真是繁茂，一树嫩红，是任何桃花、杏花、李花等无法比拟的。秋天还要好看，一簇簇的海棠果，满满一树，把枝条都压弯了。

海棠各地都有，但北京人特别喜欢种，而且明清两代，见诸文人著述的名海棠也实在多。清人龚定庵有《西郊落花歌》，就是咏海棠的，前有《小序》云：“出丰宜门一里，海棠大十围者八九十本，花时车马太盛，未尝过也。三月二十六日，大风，明日风少定……出城而有此作。”形容落花云：

> 如钱塘潮夜澎湃，如昆阳战晨披靡，如八万四千天女洗脸罢，齐向此地倾胭脂……又闻净土落花深四寸，冥目观想尤神思。

看这海棠花的气势，在定庵笔下，完全不是女儿

临风濯锦艳三

春娜香肌丰

韵新漫拟太真

亭北立画图省

识效轻颦

海棠

春分一候

▶ 海棠花

《二十四番花信风图》

神态了。所说"大十围者八九十本",或有夸大处,但海棠可长成大树,我在北京虎坊桥晋阳饭庄(即纪晓岚阅微草堂故址)看到的二三百年的老海棠,也近三层楼高,相当可观了。

海棠产地最著名的是四川,宋沈立著《海棠百咏》,第一首就写道:"岷蜀地千里,海棠花独妍;万株佳丽国,二月艳阳天。"

海棠是春花,故诗中说:"二月艳阳天。"而事实上在四川,海棠春天开过后,秋天还要开花。有一年十月中旬在四川拍完外景,在成都去逛草堂公园,见园西面小河两旁,全是海棠,正在着花,虽不及春花繁多,但招展枝头,也相当可观,使我这个外乡人大饱眼福。

四川到处是海棠，而杜甫在四川多年，诗中却无吟海棠者，晚唐郑谷《蜀中赏海棠》云“子美无情为发扬”，可知当非佚失。于是好事者说杜甫母亲名海棠，所以不咏海棠。这是宋人王禹偁《诗话》中所记，本是很无聊的传说。李笠翁毕竟是通人，予以驳斥道：“然恐子美即善吟，亦不能物物吟到，一诗偶遗即使后人议及父母，甚矣才子之难为也。”

吟诗并不是编目录，编图谱，吟什么，不吟什么，全是一时兴会，哪能以此来论诗呢？

再有海棠无香，也是文人学士争议不休的。与鲥鱼多刺、金橘味酸、莼菜性寒、曾巩不能诗列为五大憾事。宋沈立《海棠记》还解释道：“嘉州色香并胜，大足治中旧有香云阁，号曰海棠香国。”

嘉州就是乐山，大足是其属县，都在四川。可惜我去乐山在夏天，没有赶上海棠花期，未能闻闻海棠香，十分遗憾。而李笠翁也有不同的议论。他说：“然吾又谓海棠不尽无香，香在隐约之间，又不幸而为色掩。如人生有二技，一技稍粗，则为精者所隐；一术太长，则六艺皆通，悉为人所不道……吾欲证前人有色无香之说，执海棠之初放者嗅之，另有一种清芬，利于缓咀，而不宜于猛嗅。使尽无香，则蜂蝶过门不入矣，何以郑谷《咏海棠》诗云：'朝醉暮吟看不足，羡他蝴蝶宿深枝。'有香无香，当以蝶之去留为证。"

这段话说的既通达、又科学，而且还经过自己调查研究。看来海棠是有点香味的，不过比较淡，人闻不大到，只有敏感的蝴蝶才能闻到。

唐李德裕《平泉花木记》说："凡花木以海名者，悉从海外来，如海棠之类是也。"但是不少书中说，海棠产于中国，而唐代四川便多海棠。是什么时候由海外传来的？为什么西蜀独多呢？谁也说不清，纵使来自海外，也是很古老的事了。

秋海棠草本，颜色也是嫩红，四个花瓣。大大的叶子，矮矮的枝干，花开娇艳异常，人说有如"美人倦妆”。性喜阴湿，不需肥料，是一种很易栽种的宿根草本花卉。一般也无香，而定州、昌州品种有香。李渔《闲情偶寄》评秋海棠云：

> ……较春花更媚……春花肖美人之已嫁者，秋花肖美人之待年者；春花肖美人之绰约可爱者，秋花肖美人之纤弱可怜者。处子之可怜，少妇之可爱，[二者不可得兼，]必将娶怜而割爱矣。相传秋海棠初无是花，因女子怀人不至，涕泣洒地，遂生此花，名为“断肠花”……

如以《红楼》中人比拟，或薛宝钗可比西府海棠，林黛玉可比秋海棠乎？

牵牛·凤仙

“朱雀桥边野草花”，人们赏花重视木本花，或珍贵的兰花等，而对于一般的野草闲花，是不大重视的，只不过是寻常百姓家的花草耳。我是寻常百姓，因而对于闲花野草是颇有感情的。

第一觉得可爱的是牵牛花，小时住在北京尚书第的后院中，西房院外面对一面高墙，墙下有一条窄窄的泥地，这房子原来是法兰西古典文学专家鲍文蔚教授租住，大概是他居住的时候，他家人在这条隙地上种满了牵牛花，夏天便爬满一墙，到了秋天，也无人去收籽，成熟的小籽便自由地落在下面泥土中，到了来年春夏之间，又发芽长了出来，慢慢又爬满高墙了。

上午六七点钟，便开满了一朵朵的小喇叭花，北京人习惯就叫它作“喇叭花”，淡紫色的、紫色的花朵，带着露水，在朝阳中招展着，文言中有“娟娟”这一形容词，我感到形容牵牛花最好。可是开的很大的花朵，到太阳一高，热气一蒸，便很快萎谢了，明天当有另一批花开，而这一批一个早晨就完成了它的使命了。时间短促，使人感伤，日本人“朝颜”的花名，是颇合这花的身世的。在晚间乘凉时，满墙的绿叶会随风而动，我们在叶间找大的花苞，卷成一个胖胖的花卷时，说明它明天一早又要开放了；孩子们是不会因为它花时的短暂而哀伤的。童年的梦总是甜蜜的，因此对牵牛花也特别怜爱。

◀《牵牛蜻蜓图》
齐白石绘
齐白石纪念馆齐白石美术馆

五年前原住所改建，放出一个阳台，妻子在阳台盆中种了一些牵牛籽，居然牵藤引蔓，长得很好，初秋之际，天天开花，最多时也开出几十朵花，便用相机拍了不少张照片，留下一点雪痕，心情虽然和童年时两样，但对牵牛花喜爱的感觉并没有不同。搬到新居，本来还想种一些，可是留的一包花籽，经过搬家已找不到了，所以没有再种。

名人爱种牵牛花的不少，我所知种牵牛花最有名的是梅兰芳。有几年，齐白石一到花期，便去观赏，后来北平沦陷时，白石有诗云："种得（按，《梅兰芳回忆录》中作"百年"）牵牛如碗大，三年无梦到梅家。"这已是五十几年前的京华故事了。

牵牛子在医药中是重要的一味药，因丑属牛，便又名牵牛黑子为"黑丑"、白子为"白丑"。另外还有"草金铃"、"盆甑草"、"狗耳草"等别名。在《花镜》中说："采嫩实盐焯或蜜浸，可供茶食。"这不知如何，因为在《本草纲目》中"牵牛子"是泻药，如信《花镜》的话，那弄不好岂不要出毛病？

家常草花，第二种值得一提的是凤仙花，北京人叫它“指甲草”，直以“草”呼之，可见已不当它是花了。实在说，凤仙花也只是情调美，花本身是并不十分好看的。

凤仙花的别名很多，又叫小桃红，又叫海纳，又叫早珍珠，又名菊婢。最后一个别名不知是谁起的，把它比作菊花的婢子，未免有点小看了它。《花镜》中说：“花形宛如飞凤，头翅尾足俱全，故名金凤。”这说法也有些夸大。凤仙花的种类也很多，有重叶、单叶、大红、粉红、浅紫、白碧等品种。又有白花上带红点的，叫作“洒金”，有一株上可以开出几种颜色的花朵。此花原产印度，后来传入我

◥ 凤仙花
（《庶物类纂图翼》）

国，随处都可种植，《花镜》上说它“乃贱品也”，可见对它的轻视。

凤仙花的为人们喜爱，主要还在于它能够为姑娘们染红指甲，早年间没有为妇女们染红色指甲的化学油脂，有了凤仙花，可以解决这个问题，所以连身为皇太后的那拉氏也不得不用凤仙花染红指甲了。宋周密《癸辛杂识》云：

> 凤仙花红者用叶捣碎，入明矾少许在内，先洗净指甲，然后以敷甲上，用片帛缠定过夜。初染色淡，连染三五次，其色若胭脂，洗涤不去，可经旬，直到退甲，方渐去了。

所说用叶捣碎，实际连梗也可用，但要加矾，不然是染不上的。它的得名的由来，名凤仙，因其如凤；名指甲花、指甲草，因其能染指甲。另外宋光宗时，因皇后名“凤”，宫中呼凤仙花为“好女儿花”，这一名字，也很漂亮。关于姑娘们染红指甲，李笠翁有不同的看法，在《闲情偶寄》中谈凤仙道：

> 凤仙，极贱之花，此宜点缀篱落。若云备染指甲之用，则大谬矣。纤纤玉指，妙在无瑕，一染猩红，便称俗物。况所染之红，又不能尽在指甲，势必连肌带肉而丹之。迨肌肉退清之后，指甲又不能全红，渐长渐退，而成欲谢之花矣。始作俑者，其俗物乎？

这“纤纤玉指，妙在无瑕，一染猩红，便称俗物”四句，道理说得十分透。而且十个指甲鲜红使人有双手沾满鲜血的感觉。记得拍《红楼梦》电视剧时，曾为此与人争论过。但社会上，世俗的审美观点多，真正理解美的人常感太少了。

不过牵牛和凤仙，都是草花中的宜人者，历代诗人咏唱者不少。这里引曹雪芹乃祖曹楝亭两首小诗，作为结束吧！《咏凤仙》云：

水浴新蟾透碧纱，略施铅粉啖香茶。

晚凉庭院真无事，摘尽一阶金凤花。

《牵牛红蜻蜓》云：

黑丑花开早晚凉，红蜻蜓出雨丝香。
清秋最要浓描写，莫种梧桐夜漏长。

诗并不好，且是题画诗，聊备一格吧。有哪位画家如再画此二花，不妨把这两首诗题上。

芍　药

芍药是草本的，开花同牡丹一样富丽，但比牡丹晚几天。按次序是牡丹开过看芍药。江南是谷雨三朝看牡丹，大约七八天后芍药也就开了。北京中山公园花期表是五月一日各色牡丹开，五月十九日各色芍药开。而江南花期要早十天到半月。实际上二者是衔接的。迟开的牡丹残了，早开的芍药已一朵两朵含苞欲放了。如间种在花畦中，猛一看是分不清的。只是草本、木本不同，叶子也不一样。

芍药开在春末夏初之间，因而又名“婪尾春”。古人别离的时候送花送芍药，因之又名“将离”，又名“余容”。最早是草药，《诗经》有“赠之以芍药”句。

▼ 芍药
（《毛诗品物图考》）

陆玑《毛诗草木鸟兽虫鱼疏》道："芍药，今药草。芍药无香气，非是也。未审今何草。司马相如赋云：'芍药之和。'扬雄赋云：'甘甜之和，芍药之美，七十食也。'"

李时珍《本草纲目》记芍药别名又有"犁食""白术""铤"。又曰"白者名金芍药"，"赤者名木芍药"。但木芍药又是牡丹的别名，因而容易混淆。又说："芍药"二字是"绰约"的一音之转，是美好的意思。"此草花容绰约，故以为名。"芍药原野生在丘陵地带，后来移植人家，处处都有。淮南所产最好，春生红芽作丛，茎上三枝五叶，似牡丹而狭长，高一二尺，夏初开花，有红、白、紫数种。崔豹《古今注》说，芍药有两种，有草芍药、木芍药。木者花大而色深，俗呼为牡丹。而有的书中说不是。但今天我们常见的只是草本的芍药、木本的牡丹，并不再有什么“木芍药”存在。李时珍说：“昔人言洛阳牡丹、扬州芍药甲天下。今药中所用，亦多取扬州者。”自宋朝以来，扬州芍药就很出名。扬州有很有名的芍药故事，就是“金带围”，又名“金缠腰”，见沈括《梦溪补笔谈》，说是韩琦当年以资政殿学士到淮南做长官，一天后园中芍药一杆分为四枝，各开一朵上下红、中间一条黄的名花，十分艳丽，就请四个客人一同赏花。这四个客人都是青年朝官，正好路过扬州，都来参加宴会，这四个人后来都做了宰相，其中一位就是大名鼎鼎的王安石。

自此芍药中的金带围成了十分名贵的品种，北京中山公园广种芍药，有三千多丛，以上下瓣粉红、中间一圈有数十黄瓣的金带围列为群花之首。并有故事。据《中山公园纪念册》记云：

◤《红楼梦图》“醉眠芍药茵”

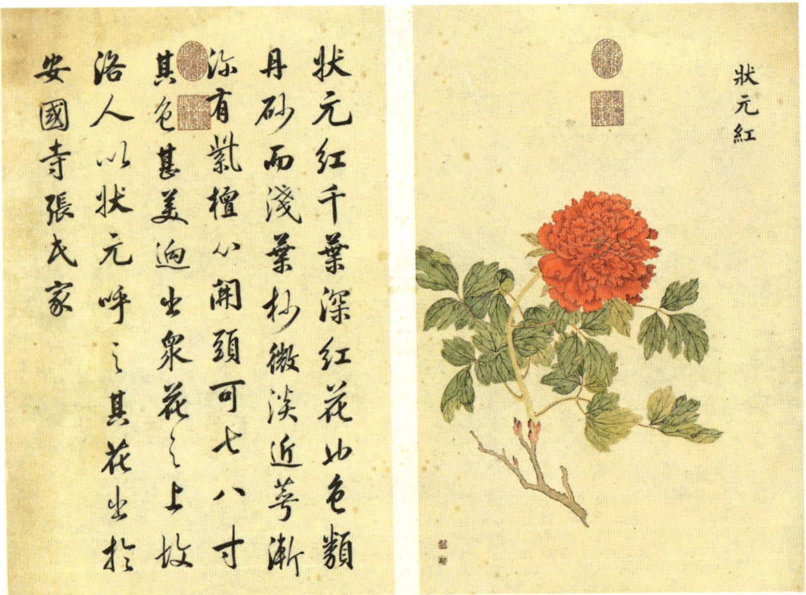

◥ 状元红牡丹（《牡丹二十四品图》）

> 民国八年本园贺董事雪航、阚董事霍初由朝鲜釜山中华领事馆移来。据辛领事宝慈云：在釜山时，花大径尺，与《群芳谱》所记宋花相合。惟以土脉关系，艺者久未得其性，故花之大终未能如辛领事所云云。

据此可知，这名贵的金带围芍药，不但中国有此品种，外国也有此品种了。

宋王观写过一本《芍药谱》，另外刘攽也写过一本《芍药谱》。芍药的品种和牡丹一样，同样也是越变越多，实际都是人工培育的。王观《芍药谱》中说：

> 今洛阳之牡丹，维扬之芍药，受天地之气以生，而大小浅深，一随人力之工拙而移其天地所生之性，故奇容异色，间出于人间。

这就是说明人工培育，品种越来越多。在王观作《芍药谱》时，最有名的龙兴寺，后来是朱家南北圃，种了有五六万株。

《花镜》一书中，把芍药列在花草类第一品，所列品名，黄色者十八品，有御袍黄、袁黄冠子、黄都胜、道妆黄、缕金囊、峡石黄、妒鹅黄等名称。金带围也在黄色品种中。深红色二十五品，有冠群芳、尽天工、赛群芳、醉娇红、簇红丝等品名。粉红色十七品，有醉西施、淡妆匀、怨春红、妒娇红、含欢芳等品种。尚有紫色十四品，白色十四品。共计八十八种。

◥《芍药图》
（清）蒋廷锡绘
上海博物馆藏

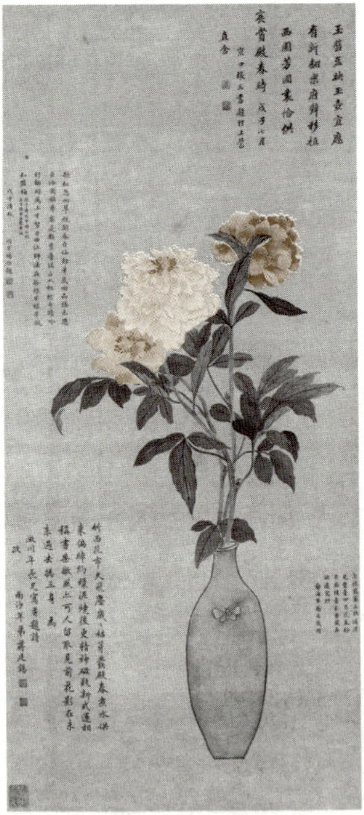

过去人称牡丹为“花王”，称芍药为“花相”，似乎是“相”要听命于“王”。李笠翁在其《闲情偶寄》中，大为芍药叫冤云：“冤哉……虽别尊卑，亦当在五等诸侯之

列，岂王之下、相之上，遂无一位一座，可备酬功之用者哉？历翻种植之书，非云‘花似牡丹而狭’，则曰‘子似牡丹而小’。由是观之，前人评品之法，或由皮相而得之。噫！人之贵贱美恶，可以长短肥瘦论乎？每于花时奠酒，必作温语慰之曰：‘汝非相才也。前人无识，谬署此名，花神有灵，付之勿较，呼牛呼马，听之而已。’”

中国是一个自古讲级别的国家，有王就得有相，花也不例外，不过现在还没有明确牡丹、芍药是哪一级待遇。

明清以来北京丰台草桥的芍药最多，乾隆时潘荣陛《帝京岁时纪胜》专门有一篇题为《丰台芍药》的短文云：

京都花木之盛，惟丰台芍药甲于天下。旧传扬州刘贡父谱三十一品，孔常父谱三十三品，王通叟谱三十九品，亦云瑰丽之观矣。今扬州遗种绝少，而京师丰台，于四月间连畦接畛，倚担市者日万余茎。游览之人，轮毂相望。惜无好事者图而谱之。如宫锦红、醉仙颜、白玉带、醉杨妃等类，虽重楼牡丹，亦难为比。

书中所记，某些品种的芍药，比重瓣牡丹还要好看了。实际上也是如此，在某种程度，芍药比牡丹还好，因为它是草本宿根，比较容易种，长得特别茂盛，北京旧时都是折枝卖，十分便宜。近人《燕京岁时记》云："芍药乃丰台所产，一望弥涯。四月花含苞时，折枝售卖，遍历城坊。有杨妃、傻白诸名色。是二花者，最为应序，虽加以熚煴之力，不能易候而开，是亦花中之强项令矣。"

牡丹可以人工改变花期，芍药却不能。在花品上，这点似乎又比牡丹高一筹了。

牡　丹

牡丹的别名叫“木芍药”，芍药的别名叫“草牡丹”，造化妆点人间，那样的多彩，在树木中创造了牡丹，在草中又创造了芍药，一样的美丽花朵，而根、株、叶却又不同，且有本质之异，说来与草与木，都可谓十分公允了。

说到牡丹，不由地想起小时候读熟的《爱莲说》，文章一开头就写道：“晋陶渊明独爱菊。自李唐以来，世人甚爱牡丹。予独爱莲之出淤泥而不染……”因此最后得出结论：“菊，花之隐逸者也；牡丹，花之富贵者也；莲花，花之君子者也。”这个结论十分形象，遂成为社会公认的结论，一提牡丹，便是富贵花了。其实人世间富贵自富贵，牡丹自牡丹，二者本无关系，被文人学士把它们拉在一起来了。富贵现在似乎已不是什么坏事了，但对一般人说来，也只是羡慕而已。而牡丹的确是花中最丰满美丽的，又号“花中之王”，别的花无法与它相比，牡丹一般种在地上，扎根在这不算太小的地球上，才能长得好。盆栽牡丹是很少见的。因此住惯楼房、脚下无立锥之地的人，是无法种牡丹的，只好在牡丹开时，花点钱到公园中看看而已。这也像看人家又富又贵一样，一切花团锦簇，只是看看而已，孔夫子说：“富而可求也，虽执鞭之士，吾亦为之。”实际这同阿Q精神是一致的。因为执鞭之士，又岂是容易弄得到的，第一干不来，第二也找不到那份工作。现在脑体劳动的收入倒挂，但书呆子们又哪里能有本领来开出租汽车呢？此孔老夫子的感慨直至今天尚有同病相怜者也。春天时花些钱买张公园门票看看牡丹，过过富贵瘾吧。面对牡丹，坐在边上，把眼睛闭上，神游今古，你便可以片刻之间变成沉香亭畔的唐明皇了。当然你还得预先学点历史，或者把李白的《清平乐》三章背熟了，不然，你这一点富贵的

◤ 金锤镖牡丹纹扳耳杯
唐
美国私人收藏

幻觉也得不到。

笑话少说，还说牡丹本身吧。如要收集资料，把各种有关牡丹的自然科学和人文科学的资料全部汇集起来，或者可以编成一部三五十万字的大书，因为它的历史极悠久，资料太丰富了。在这篇短文中是自然无法说清的，只能极简单介绍一些。

牡丹原产我国北部，是一种十分耐寒的花木，现在陕北山中尚多野生，前见新闻，在内蒙古某地，尚有一株百年牡丹，年年生长茂盛，着花繁多。这样冬天零下三十度的北国，能生长这样富贵的花，正说明了这花的抗寒的可贵。在植物分类中，它属毛茛科，灌木。除“花王”“富贵花”之外，尚有“鹿韭”“百两金”等名。

牡丹唐代盛栽于长安，据段成式《酉阳杂俎》记载，隋朝尚无种牡丹的。开元末，裴士淹为郎官，出使幽州、冀州，在汾州众香寺中得白牡丹一株，植于长安私第，天宝中，为都下奇赏。不少名人曾写了《裴给事宅看牡丹》诗，有一诗云：“长安年少惜春残，争认慈恩紫牡丹。别有玉盘乘露冷，无人起就月中看。”这时也正是唐明皇、杨贵妃在沉香亭畔赏牡丹，宣李太白进宫写《清平调》三章的时候。可见当时名寺慈恩寺、大官私宅及宫廷内苑都种了牡丹，以为一时时尚，牡丹真是代表富贵的花了。同书还记载：兴国寺有牡丹一株，元和中有一年着花一千二百朵。其色有正晕、倒晕、浅红、浅紫、深紫、黄白檀等。从这一则记载中，可以想见到当时的培育工艺，已经十分高超了。

到了宋代，洛阳牡丹甲天下，欧阳修写《洛阳牡丹品序》，编了《牡丹谱》，南宋陆游也写了《天彭牡丹花品序》，还有鄞江周氏《洛阳牡丹记》、薛凤翔《亳州牡丹记》等专著，其他散见于《群芳谱》《花镜》等书中关于牡丹的记载，专记牡丹的著作太多了。至于诗、文、小说、戏剧中有关牡丹的就更是数不胜数。汤显祖的名剧便以《牡丹亭》命名，《聊斋志异》把牡丹写成极为美丽的恋爱故事。

牡丹的性格，爱凉怕热，喜燥怕湿，根窠喜得新土，而且喜重肥。有人养牡丹，秋天把猪大肠斩碎埋在泥土中。怕烈风酷日，要栽种到高敞向阳的地方。过去北京中山公园牡丹畦，夏天中午上面都用苇帘子挡住太阳。夏天浇水必要在清晨及初更，须候地凉后再浇。春分后不可再浇肥料。

据传八月十五日是牡丹生日。宋朝时洛阳名园，有种上千株牡丹的，每年盛开时，主人必置酒，罗拜花前，以谢花神。此据《花镜》记载。为什么要定八月十五日为生日呢？不知道。或者是记错，或者是另有所本。

牡丹经过能工巧匠的培育，品种越变越多，欧阳修时记载已九十多种，陆游记载近百种；《群芳谱》记载有一百八十余种，《亳州牡丹记》记载有一百五十种，《花镜》记载有一百三十种。计正黄色十一种，大红色十八种，桃花色二十七种，粉红色二十四种，紫色二十六种，白色二十二种，青色三种。世有所谓黑牡丹、绿牡丹者，其实并不是纯黑、纯绿。过去北京崇效寺牡丹最出名，有珍贵品种黑

◥《牡丹图》
（宋）佚名绘
故宫博物院藏

牡丹、绿牡丹，所谓黑，是紫得发黑；所谓绿，是白中透淡绿，这都是我近五十年前几次看过的。清人有一首咏黑牡丹诗，中有句云“夺朱非正色，异种亦称王”，兴起一桩文字大狱。现在崇效寺早就没有了，据说这些名贵的牡丹都移到景山公园去了。

我对于牡丹有深厚感情，小时候住在北国山乡，家中即有一株牡丹，在第二进院子西北角香椿树下面，屋角正好挡住西北风，而承受东南方向的春风和阳光。年年着花繁茂，留下深刻印象。后来到了北京，长期住在苏园中，苏园花木繁多，独少牡丹，其缘故则不可思议。但当时中山公园的牡丹是极好的，大小三十余畦，有一千多株。当时即使做个旧学生，在花期中也三天两头去，泡壶茶和同学坐在花旁，一呆就是半天，几乎年年如此，未曾辜负花期。到了上海之后，也曾几次到龙华寺及曹溪公园看牡丹，曹溪公园那一丛老牡丹，有一二百年历史，在上海来说，也是十分著名的了。近年因交通关系，居住偏远，便没有再去看过。今春由淳安到天目山，正遇谷雨后，春雨方霁，寺中牡丹正开，多年不看牡丹，观赏时不胜感慨系之矣。

最后附带说一小事：盛开的牡丹花，采下后以花瓣浸入面粉鸡蛋糊中，油锅炸了，撒些绵白糖吃，极为香甜。花瓣很厚很香，是难得的佳品。由看花说到吃花，似乎太俗气了，但这不也是生活吗？

茉 莉

家中一个小阳台，没有好花，妻子种了几盆草茉莉，亦足以点缀幽情，稍添绿意。这种花不值钱，种下后不久便发芽抽叶，葱茂地生长了。大概过不了一个月，就可以开花了。

看着这几盆草花，忽然想到，茉莉也是既有草本，又有木本的。明王象晋《群芳谱》云："茉莉有草本者，有木本者，有重叶者，惟宝珠小荷花最贵。此花出自暖地，惟畏寒喜肥，壅以鸡粪，灌以焊猪汤或鸡鹅毛汤，或米泔，开花不绝。六月六日以治鱼水一灌愈茂，故曰：'清兰花，浊茉莉。勿按床头，恐引蜈蚣。'一种红色者甚艳，但无香耳。"

这里草本、木本说得很清楚。而《花镜》《本草纲目》中都未说明此点。是不够完备的。因为草茉莉同木本茉莉，同名茉莉，却又有很大不同，即木本茉莉不结实。《本草纲目》说："初夏开小白花，重瓣无蕊，秋尽乃止，不结实。"说得十分清楚。而草茉莉却结子很多，黑色子大如小赤豆，破开全是白粉，极为细腻，是旧时做妇女化妆粉的好材料，北京就叫"茉莉花粉"。《红楼梦》第四十四回《喜出望外平儿理妆》中写宝玉服侍平儿化妆云：

> 将一个宣窑瓷盒揭开，里面盛着一排十根玉簪花棒，拈了一根递与平儿。又笑向他道："这不是铅粉，这是紫茉莉花种，研碎了兑上香料制的。"平儿倒掌上看时，果见轻白红香，四样俱美，摊在面上也容易匀净，且能润泽肌肤，不似别的粉青重涩滞。

这是《红楼梦》中的一小段旖旎文字，却是和茉莉有关的。这里在宝玉口中说是"紫茉莉"，《花镜》

中有著录，但《花镜》在介绍中却和我现在种的草茉莉，好多地方都不一致。如说“似茉莉而色红紫”，实际花形和木本茉莉完全不一样。说“清晨放花，午后即敛”，也不尽然，因为我种的在太阳落山时，却又在开花，和夜来香一样，到晚间香更甚。在注解中说是“多年生草本”，也不对，因“春实频繁，春天下子即生”，说明它是“一年生草本”，而非多年生草本，不是宿根的。在植物学分类中，木本属木樨科小灌木，草本属紫茉莉科。本身即是一科。不过从植物分科中可以看出这原是两种东西。

木本茉莉来自波斯，《本草纲目》说它是由海路从波斯移植海南的。后来云南、广东人广为栽种，《草木状》写作“末利”，《洛阳名园记》写作“抹厉”，佛经作“抹利”，《王龟龄集》作“没利”，洪迈书中作“末丽”，并没有标准写法，实际上都只是译音。

我小时在北京，所住花园及各大公园很少见过茉莉花，或者有，也不大注意。只是买茶叶，北京人讲究喝花茶，叫茉莉双薰，是最好的。都是江南的茶叶

◥《绮序罗芳图》
之茉莉
（清）董诰绘
故宫博物院藏

运到北京，再在茶局子用鲜茉莉花薰焙的。买茶叶时，好一点的茶叶，买回来打开纸包一看，除混在茶叶中的已发黄枯茉莉花外，总要加几朵雪白带着绿蒂的鲜茉莉。小时总爱拣出一两朵，放在手心中闻香，那倒是真香。至于盆中正开放着的茉莉，则在一些著名茶叶铺如大栅栏东鸿记、张一元等店中有时看到。这些大茶铺柜台外面两边都摆着花梨紫檀的八仙桌、太师椅，挂着名人书画，桌上照例摆一盆鲜花，冬天红梅、碧桃、山茶，夏天茉莉、栀子等，因而在这种店中可以欣赏盆栽茉莉。

茉莉是热带花木，不要说在北京，在江南也是在户外过不了冬的。四十年前第一次到苏州逛虎丘，看到大面积数不清的温室，都是种茉莉花的，且均是盆栽，一尺来高。据《花镜》中说，广东一带有三四尺高的，在江南是看不到的。据说有藤本的，我没有见过。李渔《闲情偶寄》说："欲艺此花，必求木本。藤本一样着花，但苦经年即死……"藤本茉莉没有见过，可能因其"经年即死"，现在已没有人种了。

人说茉莉花是为女人生的。说别的花白天开，而茉莉却是夜间开。《本草纲目》说："其花皆夜开，芬香可爱。女人穿为首饰，或合面脂。亦可薰茶，或蒸取液以代蔷薇水。"

简单地说，茉莉是一种强烈植物芳香剂。我想那么些种茉莉的花农，最大的出息就是卖给茶厂薰茶叶。至于到了夏天，花贩们编成花环和白兰花一起，卖给妇女们簪头，挂在衣襟上等等，则完全是为了闻香了。李笠翁说："茉莉一花，单为助妆而设，其天生以媚妇人者乎？是花皆晓开，此独暮开。暮开者，使人不得把玩，秘之以待晓妆也。是花蒂上皆无孔，此独有孔。有孔者，非此不能受簪……”

所说蒂上有孔，也是很奇怪的。这一点我从未仔细观察过。但其香味浓郁，是十分迷人的。余澹心《板桥杂记》云：“至日亭午，则提篮挈榼，高声唱卖逼汗草、茉莉花……盖此花苞于日中，开于枕上，真媚夜之淫葩、殢人之妖草也。建兰则大雅不群……所谓王者之香、湘君之佩，岂淫葩妖草所可比缀乎？”

同样是花，余澹心以之比建兰，香味都很浓，却格调迥不同矣。

去年我在附近花店，见有卖盆栽茉莉的，六元一盆，本想买一盆闻闻香，但搬回来很费劲，而且又怕养不好很快便养死了，不是白花钱吗？还是看看妻子种的草茉莉吧。劳人草草，也只配看看“草花”，好花留待给高贵的人们去看罢。

桂花桂树

江南很常见的树而北京没有，是不少的。如普通的桂树，北京就不能在户外生长，只能种在盆里。冬天放进花洞子，夏天搬到室内。童年在山乡，家中有四棵八尺多高的桂树，种在大木盆中，两棵金桂，两棵银桂，每年中秋前后开花时，甜香弥漫，前后院子都能闻到。后来住在北京苏园，地上栽种的各种花木都有，而花洞子盆栽花木，已因家道式微，用不起花匠，一切荡然，只剩下破瓦盆，因而也没有桂树盆栽了。在北京看桂花，要到中山公园唐花坞，那里有不少盆栽桂树，夏秋之际，都陈列在外面，但一般都只四五尺高，没有很大的。北京旧家多，私邸中或有盆栽老桂树，但那都在人家家中，一般人是看不到的。

近四十年前，秋深时节，到了苏州，住在新学前，出入常走平江路，那狭窄的江南特有的石板路，说是路，实际只是一条深巷，人走在中间，两面人家高墙，似乎要把你夹起来一样。有一天我经过时，忽然一缕浓郁的甜香扑鼻而来，十分熟悉的香味，不由使我伫足四下张望，才见一面高高的白墙内，一株高大的桂树正盛开，有的开满点点金粟、满枝油绿叶子的枝丫伸到墙外，正是“老圃秋香关不住，一枝金桂出墙来”了。我惊讶地发现原来在南方，桂花能长成大树，一下子使我大开眼界，觉得苏州这地方的确不错。说到这里，不由地又想起一件事。就是“圣诞红”，又叫象牙红、一品红。北京、上海都是盆栽的，圣诞节前后开花，十分明艳高雅，但在上海比在北京难养，北京冬天室内有暖气或火炉，温度总在二十多度，所以开得很好，到了上海，冬天室内人们都干冻着，摄氏十度以上就算不冷了，而一遇降温，室温可到零度，这种花便冻死了。前年冬天去福州，又往南走了一千五百里，便大不一样，惊奇地发现这种花原来是“树”，种在户外，满树都开大红花。听说广东的红棉也是大树，也在冬天开大红花。这又是岭南的树，而非江南的树了。

桂树既是江南的树，也是岭南的树。宋范成大《桂海虞衡志》是他在广西桂林做官时著的书，其中说到桂云：

> 桂，南方奇木，上药也。桂林以桂名，地实不产，而出于宾、宜州。凡木，叶心皆一纵理，独桂有两纹，形如圭，制字者意或出此。

又宋张邦基《墨庄漫录》云：

> 木犀花，江浙多有之，清芬沤郁，余花所不及也。……湖南呼九里香，江东曰岩桂，浙人曰木犀，以木纹理如犀也。

因此“木犀”是桂树的别名，北京人菜名“木犀肉”“木犀汤”，是因此而得名的。桂花一般有两种，白色曰“银桂”，黄色曰“金桂”，都很香。另有一种红色的名“丹桂”，被人起做剧场名、艺名，如丹桂第一台、筱丹桂等，很好听，但不香。桂树最有名的故事是月亮中广寒宫的桂树，见唐段成式《酉阳杂俎》。文云：

旧言月中有桂，有蟾蜍，故异书

◥《月中桂兔图》
（清）蒋溥绘
故宫博物院藏

言，月桂有五百丈，下有一人常斫之，树创随合。其人姓吴名刚，西河人，学仙有过，谪令伐树。

释氏书言，须弥山南面有阎扶树，月过树，影入月中。或言月中蟾桂，地影也；空处，水影也。此语差近。

这段记载，除记录了故事外，最后三句，也可看出段成式思维上一定程度［的］科学鉴别能力。

明清两代考举人的乡试在八月中举行，正是桂花开的时候，因此吉语叫“蟾宫折桂”，以祝贺考中。这是用的《晋书》郗诜的故事，他曾向晋武帝说，“臣举贤良，对策为天下第一，犹桂林之一枝、昆山之片玉”，这样留下了“蟾宫折桂”的成语。李渔《闲情偶寄》也特别赞赏桂树：“秋花之香者，莫能如桂。树乃月中之树，香亦天上之香也。但其缺陷处，则在满树齐开，不留余地。予有《惜桂》诗云：‘万斛黄金碾作灰，西风一阵总吹来。早知三日都狼藉，何不留将次第开？’”

李渔说桂，又是优缺并提了。而其缺点还没有说到北方不能种在户外，长成大树。因此桂树倒不是什么月中之树，而只是江南之树罢了。

江南的树，有北方不能栽种的还很多，如枇杷、橘树、梅树、蜡梅树等，这些就不多说了。在乔木中，北方很少［有］樟树，而江南到处都有老樟树，如杭州城隍山宋樟，更是既饶古意，又有生机，极为宜人，都可算作江南名树了。

毒　草

这些年很少有人听说“大毒草”了，回想那年头，人人都说“大毒草”，怕“大毒草”，几乎是“谈草色变”，不寒而栗的。

不过话说回来，真正大毒草如何毒死人，恐怕也还是要吃它、要嗅它，或者用其他方法与人身体有了直接的接触，才能毒人。据说有一种名叫“见血封喉”的毒草，用以浸泡烘焙箭镞、刀枪等兵器，即成为毒箭、毒刀等杀人武器，一触及人身，只要破了皮、见了血，不管哪个部位，都能立刻使人死亡，是没有救的。说来十分可怕，但也还要“见了血”才能死人，只看一看还没有关系，听了这样讲说“见血封喉”的话，一般也没有什么。可见“大毒草”之毒，还是有一定条件和限制的。有吃、嗅、见血等毒，还没有看毒、听毒……当然，前多少年说的“大毒草”，那是另外一回事，只是，听着的确让人害怕，不是怕别的，而是怕被说成是“大毒草”。因为植物中真的具体的大毒草，容易分别；而其他方面的“大毒草”，常常就不大容易说清楚，好在是过去的事，也不必多说了。

这个名称是从《本草纲目》书中引用的。这书在说明草药药性时，有无毒，有小毒、微毒、毒、大毒等区别。而且毒与不毒、微毒与大毒之间，同样一种草，又分根、茎、叶、花、子等，有的是整个这种草有毒，有的则是某一部分有毒，某一部分就无毒。比如常见的凤仙花，俗名染指甲草，因为过去姑娘们是用整棵凤仙花连茎带花叶和矾捣烂了包指甲而染红指甲的。它的子、花、茎叶都可入药，而性不同。据记载：“子，气味微苦，温，有小毒。”而花则“气味甘、滑、温，无毒”。至于根叶则又不同：“气味苦、甘、辛，有小毒。”因此就凤仙花本身来说，也很难说它是有毒还是无毒，是否可以叫它为“小毒草”，还成问题。

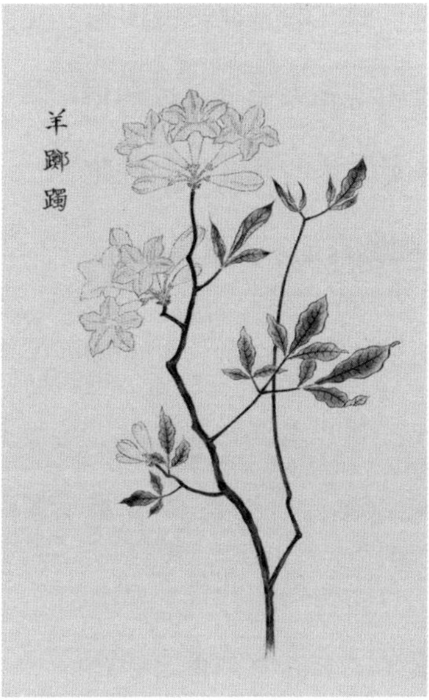

◤ 羊踯躅
(《庶物类纂图翼》)

又如“羊踯躅”，它的花注云：“气味辛，温，有大毒。”根、茎如何，则未加说明。在小注中却有“时珍曰：此物有大毒，曾有人以其根入酒饮，遂至于毙也”。可见花和根都是有大毒了。因此应该算是一株“大毒草”。但此物花却漂亮，以至韩昌黎远贬南荒还忘不了写上句“踯躅细开艳艳花”。花色有多种，开黄花的又叫黄杜鹃，开红花的就是映山红，就是现在著名的观赏花红杜鹃。另外还有白杜鹃，红白相间的杜鹃。它又叫“羊不食草”。据注：“弘景（按，即陶弘景）曰：‘羊食其叶，踯躅而死，故名。’”现在江南山中，一到三四月间，漫山遍野开的都是杜鹃花，而各大公园、各大宾馆，也都用大盆栽种各种杜鹃。当人们在观赏这些盛开的烂熳花朵时，又谁知它是“大毒草”呢？真是不可思议的事。

有一种草名“狼毒”，而且只有一种名称，并无别名。在此草“释名”后有注曰：“观其名，知其毒矣。”后面说到它［的］根云：“气味辛平，有大毒。”其他茎、叶、花如何，未说。只看名称和根的药性，就知道它的确是不折不扣的大毒草了。不过它却也可以治病，主治咳逆上气、积聚饮食、寒热水气……而且好多方子，都是和其他药配合的口服剂。说它是“大毒草”，却也能口服治病，所以这“毒”字也看如何理解，如何利用。

不过话又说回来，好多“大毒草”，既无“看毒”“听毒”，而且与一般人关系也不大，因为很少接触，更不会莫名其妙地专门找来吃这些东西，因而也无从毒起。

在我记忆中，还没有听说谁因吃“羊踯躅”或“狼毒”而死亡，而且知道这种草的名称，并且知道它是“大毒”的，这也是因读了书才知道的。也就是人们常说的只有理性知识。至于感性知识，即从经验中得来的知识，则一点也没有。

关于凭经验得到的有关毒草的感性知识，在城市中生活的人，原本是很少的。即在农村中生活，经常接触草木的人，想来也不会很多。而在我的记忆中，我想罂粟，也就是人们常说的鸦片，则的确应该说是“大毒草”，因为受过它毒的人太多了。而这样毒的草本植物，在《本草纲目》中，却都是无毒的。而且它还有别名——“米囊子”“象谷”“御米”，都是它的别名。晚唐雍陶《西归出斜谷》写他远游后归至蜀中故乡的心情说：“万里客愁今日散，马前初见米囊花。”可见它的美艳而醒人眼目。米囊一名，李时珍解释说：“其实状如罂子，其米如粟，乃像乎谷，而可以供御，故有诸名。”说到它的“米”，也就是种子云：“甘平，无毒。”说到它的“壳”云：“酸涩，微寒，无毒。”又说到它的嫩苗云："气味甘平，无毒。"尚未说到它的茎和根，其他则都是无毒的。

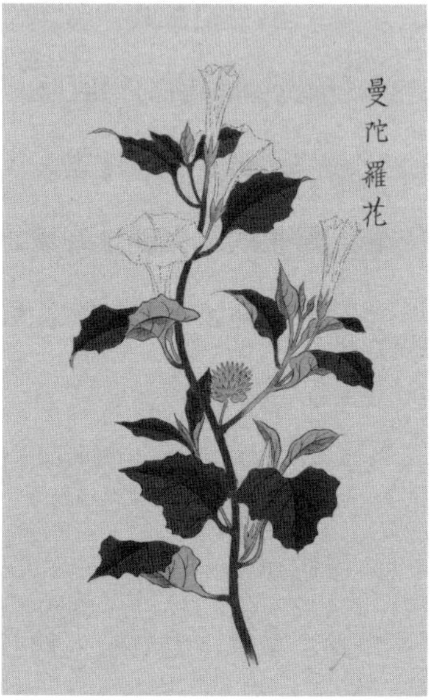

▼ 曼陀罗花
(《庶物类纂图翼》)

李时珍《本草纲目》卷十七《草之六》，专目列有"毒草类四十七种"，罂粟倒不在其中，而常用的半夏却在毒草类。而美丽的玉簪花、凤仙花都列在毒草类中。还有著名的曼陀罗花也在毒草类中，这是一般人很难想象得到的。

罂 粟

李时珍《本草纲目》把罂粟列在“谷部第二十三卷”:“罂粟，秋种冬生，嫩苗作蔬食甚佳。叶如白苣，三四月抽苔结青苞，花开则苞脱。花凡四瓣，大如仰盏，罂在花中，须蕊裹之。花开三日即谢，而罂在茎头，长一二寸，大如马兜铃，上有盖，下有蒂，宛然如酒罂。中有白米极细，可煮粥和饭食。

◤ 罂子粟
(《庶物类纂图翼》)

水研滤浆，同绿豆粉作腐食尤佳。亦可取油。其壳入药甚多，而《本草》不载，乃知古人不用之也。江东人呼千叶者为丽春花。或谓是罂粟别种，盖亦不然。其花变态，本自不常。有白者、红者、紫者、粉红者、杏黄者、半红者、半紫者、半白者，艳丽可爱，故曰丽春，又曰赛牡丹，曰锦被花。”

而在后面“阿芙蓉”下又注云：“阿片，俗作鸦片，名义未详。或云：阿，方音称我也。以其花色似芙蓉而得名。阿芙蓉前代罕闻，近方有用者，云是罂粟花之津液也。罂粟结青苞时，午后以大针刺其外面青皮，勿损里面硬皮，或三五处，次早津出，以竹刀刮，收入瓷器，阴干用之，故今市者犹有苞片在内。王氏《医林集要》言是天方国种红罂花，不令水淹头，七八月花谢后，刺青皮取之者。按，此花五月实枯，安得七八月后尚有青皮，或土方不同乎？”

李时珍的时代，尚未能预料到鸦片在几百年后对中国人的毒害，当时中国人尚不懂吸食鸦片。《本草纲目》对鸦片的药性也只说：“气味酸、涩、温，微毒。”

李时珍又注解说:“主治泻痢脱肛不止，能涩丈夫精气。”又说:“俗人房中术多用之。京师售一粒金丹，云通治百病，皆方伎家之术耳。”所谓“一粒金丹”，是真阿芙蓉一分，粳米饭捣作三丸，用量是很小的。这是当时用吞丸药的方法服用鸦片的情况，后来把它熬成药膏，又烧成烟泡，放在烟枪上吸之，这恐怕是清初才传入中国的服用方法，已是李时珍时代许多年以后的事了。

鸦片战争到现在整整一百五十年了。鸦片的毒害在半世纪前，还相当普遍。在云南、贵州、四川以及北方内蒙、山西一带，还普遍种植鸦片，其栽种生长情况，基本上和《本草纲目》中说的差不多，但各地土质、气候都不同，南到云南，北到旧时绥远、热河一带，在地域上相差数千里，在气候上也相差悬殊，一个是亚热气候，一个则接近寒带，两地无霜期大不一样。按照《本草纲目》记载，罂粟是两年生草本植物，像宿麦一样，是秋天下种，冬天生长，第二年夏天收获。这在北方寒冷的地方就不可能。因而罂粟在北方旧时绥远、热河一带，冬天地冻三尺，无法生长植物。罂粟俗名“大烟”，都是春天下种，伏天开花，初秋割烟汁晒成鸦片烟土。有“六月里，三伏天，洋烟开花鲜套鲜；红桃鲜，白桃鲜，鲜花落了结成一个灰蛋蛋”的歌谚为证。罂粟花如郁金香，有红有白，大瓣十分艳丽。一花一蒂结一果，大如鸡卵，绿色表面有白霜，因而是淡灰绿色的，长在顶端。罂粟花期很短，花谢不久，果即长成，便可割汁。

前文所引李时珍注中说“罂粟结青苞时，午后以大针刺其表面青皮，勿损里面硬皮，或三五处，次早汁出，以竹刀刮”，等等，这些说明，有清楚处，如“刺表面青皮，勿损里面硬皮”；有含糊处，即“三五处，次早汁出”等。是一次三五处呢？还是刺多少次呢？多少天呢？未说清楚。具体办法如何呢？即当花落果长大有白霜时，即可取浆。五十年前所见，是用一长月牙形的很窄的薄刃小刀，用左手二指勾住茎部上端，右手持刀在果上像旋转一样轻割一刀，第一刀痕不能割透，即只割外皮，不伤内壳；第二刀痕旋转要长，接近一圈。但不能连成一个圆。以上二点，如有一点割坏，这个果便枯萎而死了。因而这割烟也像割橡胶树取汁一样，是个技巧很高的工作。小姑娘做这事最好，第一手巧，第二人个子低，不用弯腰，烟茎正好到她胸部高，割起来方便，速度快。

轻轻划一刀之后，从刀痕中立刻分泌出白色乳浆，后跟一人，立刻用手指将乳汁抿在一小罐中，罐是马口铁焊的，有环挂在左手中指上，抿下乳汁在罐上再一抿，罐口很薄，正好将手指浆汁全部刮入罐中。

割者一人，抿者一人，成为一组，动作速度要快要熟练，每天要把田中每一株罂粟上所结的果都割一遍，抿一遍。每一株不令其多结，只留一果，肥料足，才能长大，多出汁。

一天趁太阳高时割一遍，每株都要割到。如此割十至十五天，其果则日渐枯黄，再无汁分泌。大约开始割二三天，汁分泌尚少，由第四天至第十天，这一周内，是出汁最多期间，过此则逐日减少。汁白色，倒在竹席上日晒之，水分渐渐蒸发，则变为咖啡色，最后成黑色粘状物，即为生鸦片。每市亩土地，可收获生鸦片老秤四五十两，约合三市斤。在当时种此毒品之利润，较粮食高出约十倍。其害毒人的程度，则说不胜说了。

这种植物的毒，主要在于其果壳上分泌毒汁。不但吸食成瘾，其毒极为严重。如果吃一点生鸦片下去，会很快死亡。当

◥ 抽鸦片烟的旗人（《北清大观》）

年在种鸦片的地方，不少受压迫的妇女，都是用吞吃鸦片的办法自杀的。自鸦片战争以来，直到一九四九年前，全国为鸦片而家破人亡、直接间接死去的人不知有多少。如果说“大毒草”，这东西才真正是大毒草呢。而其嫩苗及种子都不毒，而且很好吃，这却是意想不到的。李时珍说它的嫩苗做蔬食，除热润燥，开胃厚肠，极美。至于如何做蔬，是炒了吃，拌了吃，等等，未有说明，大概都可以吧。只是我没有吃过，也未见别人吃过，不便乱说了。至于说到其种子，我是见过也吃过的，不妨略做介绍。

所谓罂粟，罂是指它的果，形状如一酒坛状；粟是指它的种子，圆形小粒，如小米状。李时珍说：“中有白米极细，可煮粥和饭食……同绿豆粉作腐食尤佳。”想来这种粥、这种绿豆罂粟豆腐，应像小米粥和杏仁豆腐一样是很可口的美味，但我未吃过见过。我吃过的却是另一种，把割完烟拔下来的枯秧上的“干葫芦”（俗名）摘下，反其壳，里面即可倒出一小撮罂粟，俗名“大烟籽”，可能有白色的，但我所见都是咖啡色的，比小米粒还小，每壳中约半羹匙，量并不多，上锅炒熟，炒时加些细盐，其味比芝麻还香。以新出笼的馒头或新煮熟的洋山芋剥了细皮蘸着吃，咸迷迷的极为香美。如与炒核桃肉、炒杏仁加麻油和盐拌作为吃粥的菜，更是别有风味。因为这一种油料作物，和芝麻一样，不用去皮。和粟米还不同，小米是粟米碾去皮，北方粟米统称谷子。黄米是黍米碾去皮，还有糜子碾的糜子米，总之都是去了糠才能吃的。而罂粟则不用去皮，实在也无皮可去，便可吃，因而名之为“粟”，也并不确切。在植物学中，罂粟属罂粟科，为双子叶植物离瓣类之一科，产温带，草本，叶互生，花两性……此科植物供药用、食用、观赏用。花草中的虞美人也属于这一科。

种罂粟和收割罂粟，是十分麻烦的。因为它是毒品，所以一般都是禁止种植的。而旧时军阀各霸一方，强迫老百姓种鸦片，以筹军饷。贵州一个军阀，百姓种鸦片，征“烟税”；不种，则征“懒税”。中央派人来查禁烟，他强迫百姓把鸦片种在背篓中，背了漫山遍野去转移，谁也查不到。关于鸦片，类似这样的怪事，在过去是说也说不完，其造成的毒害更是说也说不尽。因而说它是“大毒草”，是最确切的了。

曹寅有《罂粟》诗云：“百年身世手抟沙，检点春风笑岁华。锄尽芳兰枯杀蕙，满庭璀璨米囊花。”这里完全是当作花来咏唱的，大概在康熙年间，吸食鸦片烟还没有像嘉道时那样普遍的吧。

烟　草

说到毒草，含有大量尼古丁的烟草也可写作“菸草”，似乎也应列入毒草之列。

在淳安千岛湖游览，友人送我两小盒新茶，名“千岛玉蕊”，据说五万片嫩叶才能炒一斤。一小盒一两售价九元，即九十元一斤，大家很为称贵。随后大家到宾馆餐厅用饭，经过小卖部，一人买了盒万宝路香烟，价十元。并没有人说贵，在饭桌上，随手敬烟，一盒烟很快也就敬光了。而一两茶叶，却可泡不少杯，还剩了半盒。我突然感到：一个并不贵，而人们感到贵；一个十分贵，人们却无所感觉，能不令人感到忧心吗？联想到电视上的广告：骑着高头大马，戴着卷边大檐帽的美国牛仔昂扬而至，向你叫着：“这里是万宝路的世界。”实在有点恐惧感，真感到其毒害不比鸦片小多少。因而感到烟草之毒，恐怕还不只是因为它含有致人死命的尼古丁，在此之外，想来还有更严重的“毒害”。

中国人吸烟，比起喝茶来，那恐怕要晚得多。茶是中国传统的东西，《诗经》云：“谁谓荼苦，其甘如荠。”荼，有人说苦菜，有人考证说便是茶，想来春秋时代就有了。而烟则到明万历年才传入。明姚旅《露书》中有一则云：

◤ 烟草（《烟草谱》）

吕宋国有草名淡巴菰，一名曰金丝。醺烟气从管中入喉，能令人醉，亦辟瘴气。捣汁可毒头虱。初，漳州人自海外携来，莆田亦种之，

反多于吕宋。今处处有之，不独闽矣。

但所说“处处有之”，却未必然。明清之际，奉贤曾羽王《乙酉日记》记云：

> 余年三十六而遭鼎革。前此无吃烟者，止福建人用之。曾于青村王继维把总衙内，见其吃烟，以为目所未睹。自李都督破城，官兵无不用烟，由是沿及士民。二十年来十分之八。青村南门黄君显之子，于盐锅前吃烟，烟醉，跌入锅内，即时腐烂。

可见江南一带，终明代之末，尚无种烟吃烟者。乙酉是一六四五年，即清顺治二年、南明弘光元年，是清兵南下侵占江南的那年。清兵这年八月攻破松江、金山。作者所说“三十六而遭鼎革”，就是指此。清兵南来之后，因官兵无不用烟，奉贤一带的人才纷纷吸烟，二十年来十分之八，说明《日记》是在二十年后追记乙酉以来旧事，其时已是康熙五年（一六六六）了。

看来烟草是先传入福建的，而后来山海关以外的人吃得最凶，这也是很有趣的事。清初王逋《蚓庵琐语》云："烟叶出闽中，边上人寒疾，非此不治。关外至以一马易一斤。崇祯时下令禁之，民间私种问徒。利重法轻，民冒禁如故。寻下令：犯者皆斩。然不久因军中病寒不治，遂弛其禁。予儿时尚不识烟为何物，崇祯末，三尺童子莫不吃烟矣。"

现在人们都知道林则徐严禁鸦片的时候，偷种大烟要杀头。而在崇祯时，还下过种叶子烟也杀头的禁令，这就很少人知道了。

在植物学中，烟草属于茄科植物，一年生草本。茎高四五尺，叶大，互生，卵形而尖，叶面和茎部都有细毛。夏日开花，合瓣花冠，漏斗状，淡红紫色。叶干后，称为烟叶，为制雪茄、纸烟及烟丝的原料。含有有毒成分尼古丁 (Nicotene)，即烟碱。

这种介绍比较简单。实际烟草的种类也很多，中国产、外国产，中国各地产的多种多样。小时候我住

◥ 缂丝三多荷包火镰
故宫博物院藏

在雁北山乡，当地老乡只种一种名叫“小叶子烟”的烟草，一般只二尺多高，有手掌大小绿油油的叶子，叶上经络十分明显，老乡们把这种叶子在秋天采下来，一簇簇吊在檐前晒干、摊平，一片片压在一起。随时拿几片揉揉碎，装在烟荷包内，用旱烟袋伸进去，装一袋，然后用火镰打燃蒲绒，按在烟袋头上，吧嗒吧嗒吸起来，连火柴都是很大的浪费。至于烟卷，上海人叫“香烟”，乡下人叫“洋旱烟”，那就不管什么牌子，在那时都是极大的奢侈品了。

当时山乡中管外面的旱烟叫“大叶

烟”，当地没有，是不能种植呢，还是没有种子，当时年幼的我就不明白了，也没有问过大人们。只是记得当地老乡的“小叶子烟”，吸时味道很难闻，一股青草味。后来到了北京，才知道“老关东”的这个名称，大栅栏豫丰号烟铺的招牌上写着：“东台片，西易州……”这是以产地来号召的。

中国产烟草的地方很多，著名的也不少。东北出的烟叶，很大很黄，油性大，过去北京最多，俗名“老关东”。另外四川金堂、河南许昌、安徽凤阳、浙江桐乡以及云南、贵州，都是出有名烟叶的地方。在漫长的历史时期中，人们吸食烟草的办法，只有两种：一是旱烟，一是水烟。旱烟是把烟草干叶子去梗揉碎，装在烟袋中用火点燃了吸。水烟是用特制的水烟筒，筒底装些水，吸时点燃的烟通过水咕噜咕噜地吸入口中。通过水的过滤，可以减少一些尼古丁。水烟筒考究的用黄金制成，在旧上海的青楼中，红倌人非备此敬客不可。

北京过去旱烟加工有“京杂拌”“兰花籽”等名称，都是把烟叶切成烟丝来卖，像西式吸烟斗的烟丝

◥ 骨管白铜石榴旱烟袋
中国烟草博物馆藏

一样。但是老吸烟的还将整把的叶子买来，自己剪碎或揉碎。这在北京现在农贸市场上还可以见卖烟叶的小贩。老式旱烟袋讲究起来是无穷无尽的。分三部分，装烟的是铜质的烟袋锅，一般用黄铜，考究的用白铜，甚至用银。中间部分是烟袋杆，用竹管，一般竹子，湘妃、凤眼等名贵竹子，还有乌木、象牙，等等。吸的部分叫“烟嘴”，一般用烧料的，好的琥珀、玛瑙、玉、翡翠、水晶等。总之，普通烟袋和高级烟袋相差悬殊，真所谓不可以道里计也。这比外国什么名牌烟斗，那高贵不知要多少倍。烟斗再好不过用非洲树根加工雕刻，而烟袋如一个小小玻璃翠烟嘴，当时要用白银购买，其价值也可以与金水烟筒媲美。

水烟·纸烟

吸水烟很麻烦，水烟筒是特制的。可以用黄铜，但旧时一般都很讲究，全用白铜打制，更有景泰蓝的、银的，甚至有像上文所说用黄金的。水烟筒的样子很怪，很难用形象的东西比喻，用公鸡做比，那公鸡头是吸烟的嘴，翘起的尾巴是装烟的活动哨子，因要插入水中，所以可以抽出插进。那鸡身体就是手托的烟筒身子，但是鸡的两只脚无法安排，只好斩下来插在两边小洞内作烟夹子了。不过这样解说，没有见过的人仍不得要领，弄不明白。现在上海豫园商场偶有卖的，只是黄铜做的，太简陋了。过去这样寒碜的玩意，是没有人买的。水烟筒的历史，其制作工艺的来源，我都说不清楚，想来也是一个很有趣的问题，可是能告诉我的人大概不多了。

半个世纪前，我家中大人是吸水烟的。吸一种福建丹凤皮丝水烟，一大扁盒内十小包。吸时拿出一小包，用发潮的毛巾包上，放在砖地上一两天，然后打开，那金黄色非常细的烟草一抖，便成茸了，放在烟缸中，随时取用，水烟筒本身也有个放烟茸的小筒。吸时可随装随吸。吸水烟要不停地点火，所以要用火纸卷成很细的纸煤子，一吹就冒出火焰，可以点烟，咕噜咕噜地吸，很快吸完吹熄纸煤，火焰虽熄，但余烬红红尚在，去掉烟蒂，再装新烟，再吹燃纸煤来吸，周而复始，十分麻烦，但十分好玩。幼时最爱看大人吸水烟，也学会了搓纸煤子。抗日战争时期，北京再买不到福建皮丝烟，家大人也就不再吸这种烟了。

◀ 银烧蓝水烟袋
清乾隆
故宫博物院藏

鼻烟也是烟草叶子做的。据说最早意大利人发现一包多年霉变的烟叶，用手一触，便成粉末了，但一嗅，特别好闻，精神为之一爽，这样世界上便有了鼻烟。据赵之谦《勇卢闲诘》记载：“鼻烟来自大西洋意大利亚国，明万历九年，利玛窦泛海入广东，旋至京师，献方物，始通中国。……至国朝雍正三年，其国教化王伯纳第多贡献方物，始有各色玻璃鼻烟壶……”

▼ 画珐琅开光鼻烟壶
清乾隆
故宫博物院藏

据此可知鼻烟传入中国的历史，到乾隆时，那旱烟、鼻烟已极普遍了。而《红楼梦》中，只写到晴雯生病闻鼻烟，却没有写到吸旱烟的，也不知是什么原因，是有意呢？还是无意呢？因为乾隆时，大官吸旱烟，是十分普通的事，不少人还以此出名，最为著称的就是“纪大烟袋”编《四库全书》的纪晓岚。他装一袋烟能够从城里一直吸到圆明园，有好多有趣的故事，这里就不多说了。

用烟草制成烟卷，现在叫纸烟，传入中国，是很晚的事，一直到光绪二十八年（一九〇二），英美烟草公司才在上海设厂制造纸烟。最早推销宣传时，用人力车推着烟，吹号打鼓，沿街扔给人家白吸，这样很快就推销开了。在三十年代，英美烟草公司年利润达到四百万两关银（当时海关进出口贸易仍以白银折算，叫关银）。

纸烟世界上四大类，英式、美式、土耳其式、俄国式。三四十年代，英式纸烟淡，美式纸烟加油料，较凶。人们说吸英国烟如吸空气，吸美国烟如吸炸药。其实不论什么烟，都是污染空气，散布尼古丁的，吸的人当然更受其毒害。因此把烟草列入毒草的行列，是一点也不会冤枉它的。现在世界范围内，正在推行戒烟宣传，有的国家，还制定了法律，禁止在公共场所吸烟。但愿我们国家将来也有了这样的法律，吸烟的人都请回自己家去吸，那就好了。

草本来是不值钱的，可是烟草却既有毒而又值钱，真是不可思议了。现在烟草生产和烟草工业都能使国家获得巨额税收。但予人的害处是非常大的，因此全世界都在提倡戒烟，不少国家都制定了许多法令限制吸烟。比如在新加坡就规定在任何公共场所都不能吸烟。而且罚金很重，据说是要罚四百到二千新元。四百就要合到二百美金了。这在我们爱吸烟的朋友看来，是不可思议的。现在有世界性的“无烟日”宣传，看来世界上戒烟的进程是正在逐步推进中。或者有一天，人类都觉悟到吸烟是没有什么意思，而且很脏，很麻烦，容易生痰。它既不能代替吃饭，又不像鸦片那样的毒品，吸了真有瘾，突然不吸，便像生病一样难受。一般吸食烟草，不论是叶子烟、水烟、纸烟、雪茄烟、鼻烟，等等，实际都是吸不吸一样的。我自己前后吸了一二十年的烟，后来因一次受凉，得了肺气肿，便不再吸烟了。头一二天因为习惯的关系，似乎还想吸，而思想上认为不能再吸，三天过后便不再想吸了。而且也不贪便宜吸别人的好烟。迄今又已十多年，不但不再想吸烟，而且已产生了抗烟性，旁边如有人吸烟，我已感到难闻了。

至于说吸外国好烟为了摆阔，这在无知少年，也还是可以理解的，有了一大把胡子的，则大可不必了。还有用外国香烟作为交际手段，在杭州出差，听到一首顺口溜，据说出自一位外贸工作［的］女士之口，词云：

长“健”短“万”，坐下谈谈；“三五”一般，“良友”瘪三，“红牡丹”放在一边，“假洋鬼子”看也不看。（加引号者，皆纸烟牌子。而“假洋鬼子”，则仿外烟包装之杂

哈德门牌烟标
中国烟草博物馆藏

牌烟。）

社会上对于吸烟已形成顺口溜，可见已成病态。在肉体其毒或不同于鸦片，在思想上则远远超过鸦片之毒了，但愿这种病态早日痊愈。

竹

人们生活中，无论南北，一般都离不开竹子。北方的穷乡僻壤，地冻天寒，土地贫瘠，并不生长竹子，但人们家庭中，多少有几件竹制品，至少有几双竹筷子，有个竹耳挖勺。小时候在北国山乡中，印象最深的是把破竹帘子的竹篾，一根根拆出来扎风筝骨子，一根竹篾一弯，正好是一个圆圈，再拿一根横扎在圆的下面三分之二处，连做九个，“九条雁”就做好了，糊上纸，放入空中，真如大雁归来时的一字雁，是十分形象的。北京有很好的风筝，把这种一串的风筝叫作“蜈蚣”，把丑恶的虫名以名风筝，丝毫没有情趣，没有美感。而且那样大的蜈蚣在空中飞舞，岂不十分恐怖，对人类构成很大威胁吗？——想想北京当初起这风筝名字的人，实在是个大笨伯——闲话少说，还是说竹子吧。

《墨竹图》（清）郑燮绘 上海博物馆藏

我第一次见到生长在地上的真的竹子，是由山乡来到北京，住在皇城根苏园中，在后园花庭后的北墙根下，有一丛翠竹，背风向阳，长得十分葱茂。后来在各个公园，又见到不少小竹丛。等到大了，可以和同学们各处去玩时，出城到潭柘寺，才看见了北京真正名贵竹种金镶玉竹。绿竹竿上，由上到下，每节的凹处，都是一根黄线，直通到顶，而且上下两片竹林，面积很不小，这同小竹丛不一样，小竹丛是一大堆。而这种竹子，都长得有一丈多高，枝头竹叶摇曳，根株一一可见，在长满青苔的竹林中，出土的笋尖亦随处可见。北京真不愧几百年的帝都，福地宝城，在这样大山中，地下有温泉水脉，土质肥厚，所以能长出这样名贵的竹林来，没有亲眼见过的人，是不可思议的。

北京有非常漂亮的翠竹庭院，那就是有京华大观园之称的恭王府“天香庭院”，金碧辉煌的垂花门两旁，是一片葱翠欲滴的竹丛，真有点潇湘馆的意境。可惜的是，新盖的大观园潇湘馆，种的竹子十分稀疏，长得又可怜，像癞头的头发一样，三根五根，实在难看，拍电视《红楼梦》时，没有办法，只好弄假的，全是塑料竹叶，假的林姑娘，也只能配假的竹叶而已。

杜荀鹤《送友人去吴越》（按，《唐风集》《全唐诗》等均作《送友游吴越》）诗云："去越从吴过，吴疆与越连。人家皆种竹（按，《唐风集》《全唐诗》等均作“有园多种橘”），无水不生莲。”我由北京流浪到江南，到了“人家皆种竹”的地方，那对竹子就眼界大开了。因岳家在杭州，那就常到杭州去，云栖竹径，那高大的毛竹，碧绿带粉的杆子，直上云端，穿行在竹径中，看那冒出来的利剑般的笋，常来的人，记好尺寸，隔一天就是一大节，其生长之速，真是天地奇观。我真正懂了“雨后春笋”这四个字的含义。也懂了“不可一日无此君”的可爱处，的确是六朝人的真情，而非荒诞。

我看过两竹子奇观——也可以说是我这井底之蛙，自认为的“奇观”吧。一是在黄山太平县太平湖，那一百多里水面，波平处真是一大片碧绿色的镜子，一丝波纹也没有，深度平均四十米，特别深邃，边上高大的毛竹山，倒映水中，构成棱形或正方形柱式倒影，像现代外国大都市的楼群一样，不过是倒立的，又像绿色玻璃砌成，真是蔚为奇观。

二是在四川郫县、灌县、崇庆等处所见。四川竹子极多，在郫县、灌县一带，农村人家都是高大的竹林围着。灌县郊区一家人家，门前一丈多宽的急湍奔流而过，门外一小桥通来往之路，都掩映在高大的竹林中，真是神仙境界。江南这样小景是没有的，因为没有那样湍急奔腾的流水。而四川的竹丛可以长在比它小的土堆上，根四外都裸露着，而照样不倒，且十

◥《震泽烟树图》（竹海）
（明）唐寅绘
台北故宫博物院

分葱郁，也是一种奇观。

我是一个北方穷山乡的人，居然能看到这么许多蔚为奇观的竹子，用句前人的口头禅说：天公之遇我可谓厚矣。可是我却十分遗憾，对竹子的知识，了解的真是太少太少了。到现在竹子究竟是草是木我也说不清。另外竹子种类太多了，我知道的实在可怜，真可以说是辜负“此君”。

《花镜》中说：“竹乃植物也，随在有之。但质与草木异，其形色大小不同。竹根曰‘菊’，旁引曰‘鞭’，鞭上挺生者名‘笋’，笋外包者名‘箨’，过母则箨解名‘竿’，竿之节名‘箹’。初发梢叶名‘篁’，梢叶开尽名‘⿱竹雉’，竿上之肤名‘⿱竹钓’。”小小的一个竹子，有这么细致的专名，这不正说明了草木文化的精深吗？但是草是木，《花镜》中也说：“天壤间，似木非木，似草非草者，竹与芝是也。”看来，关于竹是草是木的问题，不但我弄不清，我们的祖宗也不大了解。按照现代植物学分类，竹子系棕榈科常绿灌木，分类有二十二属，有一百八十多个品种。

古人有关于竹的专著，比较著名的有晋戴凯之的《竹谱》、宋僧人赞宁的《笋谱》。《竹谱》列六十一种，《笋谱》列八十五种。《竹谱》开首道：“竹不刚不柔，非草非木。……若谓竹是草，不应称竹；今既称竹，则非草可知矣。……植物之中有草、木、竹，犹动品之中有鱼、鸟、兽也。”他把竹子于草木之外，单列一大类，也是一种见解。

竹子的品种多，奇怪的品种也常见记载。奇怪而尚常见的如浙江的方竹，生来四方形，十分结实，人多用作手杖。如湖南竹上有斑点，说是舜之二妃娥皇、女英泪滴成的湘妃竹。斑点大的叫斑竹、凤眼竹，这些一般都能见到。至于更奇特的，如产在罗浮山的龙公竹，其径大七尺，每节高有丈二，叶若芭蕉。另产自临贺的临贺竹，竹竿可粗到十围。产自熊耳山的丹青竹，竹叶黄、青、丹三色相间而生。产自君山的龙孙竹，高不盈尺，细仅如针。凡此种种，都是竹中奇品，一般人是不大容易见到的了。

中国最古的书——竹简，都是写在竹签上的。因而中华民族文化，从古就是和竹子分不开的。从古至今，关于竹子的故事，传说不知有多少，关于竹子的诗文不知有多少，关于竹子的图画、附带画竹及专门画竹的不知有多少，竹子制成的生活用具和工艺品不知有多少……因而说，如从中国传统文化看，竹子和文化的关系真是太重要了。“竹子与中国文化”，可以写成一本洋

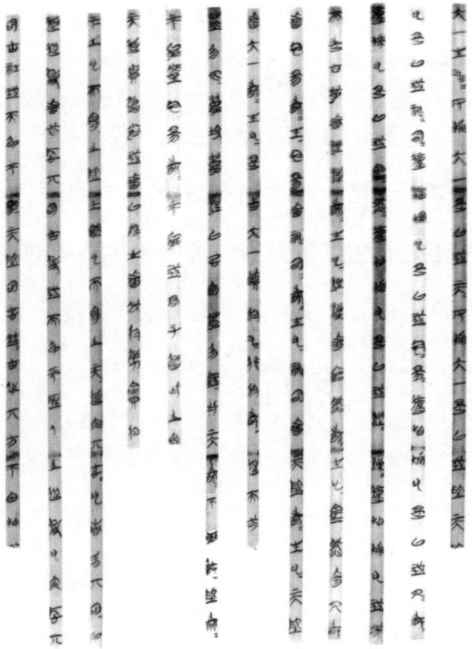

◤《太一生水》竹简
湖北省荆门市沙洋县郭店村郭店一号楚墓出土

洋巨著的书，在此就无法多谈了。

末了引一个《笑林》中有关竹的笑话吧：

汉人有适吴，吴人设笋。问是何物，语曰："竹也。"归煮其床箦而不熟，乃谓［其］妻曰："吴人轣，欺我如此。"

不生长竹子的苦寒之区，没有办法，只好煮竹床当笋了。这个笑话还有些疑问，因用竹床的地方，一般还是长竹子的地方，那些不生竹子的地方，大都还是睡土炕的，要煮顶多也只能煮竹筷子了。

树之以桑

《诗经·卫风》中有句云："桑之未落，其叶沃若。于嗟鸠兮，无食桑葚。"这是《氓》中的比喻，但其本身，也是很好的小诗。"其叶沃若"，已把桑叶肥大油绿的样子形容得很好了。卫是河南、河北交界处，即现在河北大名、河南卫辉两地区域，当时这些地方大概是普遍种桑树的，所以写入诗中，形象就十分真切。

桑树的种类很多，据《中国树木分类学》所列，有大叶桑、花叶桑、白脉桑、塔桑、垂枝桑、兽桑等。桑树本身在植物学中成一科，原产地即亚洲东部。有书记载说：扬州产的叫"黄桑"，湖南产的叫"荆桑"，通州产的叫"家桑"。实际一般都叫桑树，在我国南北各省一般都有桑树。

▼ 桑树
（《毛诗品物图考》）

桑树可以长成十分高大的树，小时候家中后院有一株，长得有两三丈高，杈丫可以遮住屋顶，夏天浓绿的叶子，也可以遮阳，但当桑葚成熟时，也无法去采择，只能任其自生自落，落得院子里满地都是，地上沾满紫色汁水，染在砖上，很久不会消失。我天性不大吃各种水果，看见这些落在地上饱熟的沾满汁水的紫桑葚，十分疑心，迄今留下深刻的印象。

北方人大概在周秦以前，便已种桑养蚕的，后来越到近古，因战争及水土流失，不再种桑养蚕了。因此各处即使有两棵桑树，也都是孤零零的大树，再不是桑林、桑园了。《孟子》上说：“五亩之宅，树之以桑，五十者可以衣帛矣。”这“树之以

▼《桑果山鸟图》（宋）佚名绘

◥《花石草虫图》（宋）佚名绘

桑”，并非是说在宅前宅后种上三五棵桑树，就可养蚕、缫丝、织帛，而是种五亩桑林，这面积是相当大的了。“桑”字字形，从中国六书原理来看，上面三个“又”字，是表示众多，大概是会意字，因而种桑总是成林的，高大的孤立的桑树，自然也是树，但对“衣帛”却不能发挥作用。记得小时候养蚕宝宝，要择桑叶，面对院中高大的桑树，就无法采叶子，只好爬上树去采，又很害怕，也够不着多少。面对茂密的桑叶，却常常为不能采择桑叶喂蚕宝宝而发愁，说来也是很可笑的。

北方很少桑林，而我在北京却见到桑林。这也是很巧的。我读书的中学，校址在西城小口袋胡同，实际是京华蚕业讲习所的一部分。正门在口袋胡同中间，高大的雕砖半西式大门，里面有一排二层楼。楼的右侧有大片桑园，这排楼房后面，连着一个西式大四合院。全是我就读的那个中学的教室，这二层楼的楼上也是教室，楼下却是木机织绸的机房。那个中学的校门是在桑园后面，由桑园的南墙下绕进去。而且中间有一个大栅栏门，平日锁着，但可以望见桑园内一切，那一排一个人高的桑树，上面都人工剪成三五拳头样的杈，俗名“桑拳”。春天由拳上发出嫩条，长满嫩绿的叶子，便可分批采来喂蚕了。我上了六年中学，年年窥探桑园的变化，春夏之间绿了，入冬之后光秃秃了，春天又绿了……这样我认识了桑树。这个京华蚕业讲习所大概是清末民初讲求农政时办的。可能是南通张状元做农工商部总长时的德政吧。后来大概没有什么发展，所以把它的所址分一半给我读书的那个中学做校址。但我当时没有详细询问过，现在事隔多年，更无处了解了。关于桑树的感性知识，便是在这里获得的。

后来到了江南，岳家在杭州，经常往来于沪杭路上，嘉湖一带，路上全是桑园，这正是农桑之利集中的地方，自明清以来，财富所聚，全在这一片片桑园中小小的桑树上，因而对于种桑也是十分讲究的了。其工序按时令是非常细致的。大体是：正月，立春、雨水，天晴时种桑秧，修桑，阴雨时，撒蚕沙，编

◤《采桑图》
（清）闵贞绘
故宫博物院藏

蚕帘、蚕箦；本月还要准备桑剪。二月，惊蛰、春分，天晴，浇桑秧，阴雨，修桑，捆桑绳，接桑树。三月，清明、谷雨，天晴浇桑秧，阴雨，把桑绳，修蚕具、丝车。四月，立夏、小满，天晴，谢桑，压桑秧，栽桑、浇桑秧，剪桑，雨后还要看地沟桑秧，还要买粪谢桑……一直到七月，还要修桑、把桑，忙个不停。

江南老农，旧时对桑真可以说是精心培养。明末湖州涟川沈氏，编过一本《沈氏农书》，对种桑十分讲求。他说最好的品种是湖叶桑、黄头桑、木竹青，其次是五头桑、大叶密眼桑，最次是细叶密眼桑。另外有一种火桑，较其他桑树早五六日发叶，便于养早蚕。种桑根不必多，要刷尽毛。泥要筑实，清水、粪要不断浇，可以尽快长出新根。大雨之后，要逐株踏看，有泥水渰眼，要赶紧挑开，否则树就死了。桑树要不断剪去嫩条，多留桑拳，以便多发枝条，多长桑叶。一年要修剪四次，江南谚语有“孝顺种竹，忤逆剪桑”的说法，就是说手下不要留情，剪得越多越好。

种桑主要是为了采叶养蚕，因此一般不注意其果实桑葚。桑葚有紫色、白色二种，糖分很多，欢喜吃的人，说是很好吃，但是我不吃，因而味道如何也不知道。据《群芳谱》说：“荆桑多葚，叶薄而尖，边有瓣。凡枝干条叶坚韧者，皆荆类也。鲁桑少葚，叶圆厚而多津。凡枝干条叶丰腴者，皆鲁类也。”市上卖水果，很少见有卖桑葚的，大概产量是很少的。

另外据说蝗虫飞过的地方，一切植物叶子都被吃光，而独不吃桑叶。为什么这样呢？这有待植物、昆虫学专家回答了。

梧　桐

读近代词人朱古微《彊村词·金缕曲》，题下有小注云："井上新桐植七年矣。周无觉抚之而叹曰：'此手种前朝树也。'斯语极可念，拈以发端。"其词云：

手种前朝树。带虚廊、斜阳一角，阅人无语。乞向西邻斤斧底，曾共箨龙赦取。看玉立、亭苕如许。今日离披银床畔，问孤根肯傍龙门否？一叶叶，战风雨。

蟪蛄三两啼相诉。说年来、红凄翠惨，好秋谁主？划地霜芜连天白，栖凤长迷处所。算干净、犹余吾土。眠坐清阴浑闲事，要岁寒根干牢培护。

盟此意，酹清醑。

朱古微，名祖谋，是近代大词家，光绪九年（一八八三）进士，累官至礼部右侍郎。直到民国二十年（一九三一）才去世，活了七十五岁。晚年在上海居住。龙榆生《近三百年名家词选》为他写小传道："晚处海滨，身世所遭，与屈子泽畔行吟为类。故其词独幽忧怨诽，沉抑绵邈，莫可端倪。"小传所写，从以上一首梧桐词中也可以体会出来。这就是辛亥以后一些眷恋清代的遗老感情。这里我不谈词，只想讲讲树，即梧桐的情调，这完全是江南的情调，在寒冷的北国是不大能体会到的。记得小时在北国山乡书房念书，听同学读柳宗元的《桐叶封弟辩》，根本不懂什么桐叶是梧桐叶，还以为是黄桐叶

◥"桐叶封弟"汉画像石（鲁迅旧藏）

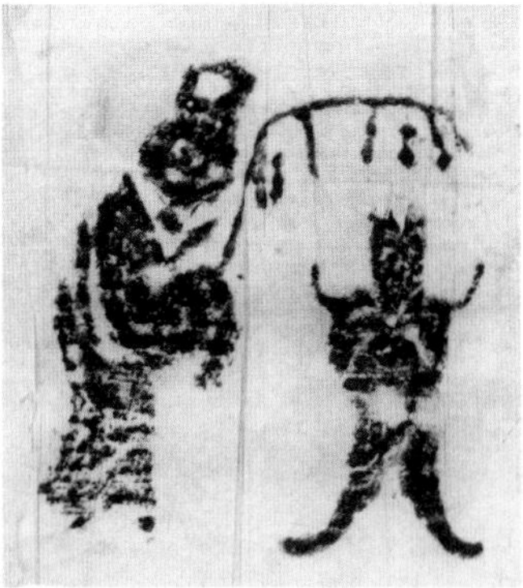

呢，幼稚的幻想中想着这黄灿灿的倒很好玩。后来到了北京，旧时所谓“天子脚下”，做了几百年首善之区的古城，自然“雨中春树万人家”，到处都能看到参天老树，但梧桐是很少的。记得故宫博物院后面御花园中有梧桐树，很小。中南海有“补桐书屋”，也没有大梧桐树。读《红楼梦》刘姥姥逛大观园那一回，贾母看着秋爽斋后窗外的梧桐，也有碗口粗了。那都是新种的小树，实际不管眼见的和小说中描绘的，都体现不出梧桐的情韵。李易安《声声慢》词：“梧桐更兼细雨，到黄昏，点点滴滴，这次第，怎一个愁字了得！”多好的词句！可是在北京所见的丈把高的梧桐树，又如何能构成这样的意境呢？三十七年前，我带着这样的疑问，漂泊到江南。

在苏州金门外，住在一座阔佬别墅改的宿舍内，这是一座很考究的假三层洋房，我住二楼一间，落地窗外是阳台，院中四五株高大的梧桐，足有四五丈高，碧绿的叶子，碧绿的挺立的树干，我到此才饱览梧桐之美。《诗经·卷阿》云：“凤凰鸣矣，于彼高冈。梧桐生矣，于彼朝阳。”郑笺云：“凤凰之性，非梧桐不栖。”我真感到，世界上如果真有五彩斑斓的凤凰，当然是要栖息在这碧绿漂亮的梧桐树上的。可是我那时窗外的梧桐上，从来没有落过凤凰，未免有寂寞之感。我常常躺在床上，窗户大开着，观赏这绿荫荫的梧桐，那透过绿叶的日影，更是迷离照人。有一次，一只黄鹂藏在枝上，绿叶中一点娇黄，又嘹亮地叫着，真是太美丽了。可惜我起身来，想到阳台上看时，它却一下子飞走了。

苏州雨天多，我初到江南，很不习惯多雨的天气，但听着那雨打在桐叶上的声音，也十分宜人，似乎特别容易触动人的情绪。李易安山东人，大概是在她的丈夫赵明诚去世后，听到这种梧桐夜雨的声音，自然极为敏感，写出这样感人的词句了。

桐的种类很多，梧桐是桐的一种，按《本草纲目》，桐的释名有白桐、黄桐、泡桐、椅桐、荣桐。又引陶弘景语曰：“桐树有四种：青铜，叶、皮青，似桐而无子。梧桐，皮白，叶似青桐而有子，子肥可食。白桐，一名椅桐，人家多植之，与冈桐无异，但有花、子，二月开花，黄紫色，《礼》云‘季春三月’，‘桐始华’者也……”陶弘景把梧桐包括在桐树中，而《本草纲目》则又单列“梧桐”一条。李时珍在《释名》中又说是“榇”，并云：“梧桐，名义未详。《尔雅》谓之榇，因其可为棺，《左传》所谓‘桐棺三寸’是矣。”李时珍详细介绍梧桐说：“梧桐处处有之，叶似桐而皮青不皱。其木无节直生，理细而性紧……罗愿《尔雅翼》云：‘梧桐多阴，青皮白骨，似青桐而多子。其木易生，鸟衔子堕地即生。但晚春生叶，早秋即凋。……’《齐民要术》云：‘梧桐生山石间者，为乐器更鸣响也。’”

在古文献中，关于梧桐的记载是很多的。大体最著称的，一是栖凤凰，现在一切流传的工艺图案“丹凤朝阳”，不管织在锦缎被面上，或是刻在各种木石雕件上，除凤凰、朝日之外，总要有一株梧桐做背景。二是对季节敏感，据陈淏子《花镜》记载：“此木能知岁时，清明后桐始华；桐不华，岁必大寒。立秋是何时，至期一叶先坠，故有‘梧桐一叶落，天下尽知秋’之句。”而且据说，每枝生十二枚叶子，一边六叶，从下数一叶为一月，有闰则十三叶，视叶小处，即知闰何月也，也是很奇妙的。三是梧桐木可制古琴。陆玑《毛诗草木鸟兽虫鱼疏》中说：“桐有青桐、赤桐、白桐，宜琴瑟。”四是亭亭直干。叶大阴浓，一派绿意，宜朝阳，宜夜雨，是很好的庭院观赏树木，消暑知秋。以上四点我最欣赏的是第四点。李渔《闲情偶寄》卷五也写梧桐道：

▲ 广绣丹凤朝阳图
故宫博物院藏

梧桐一树，是草木中一部编年史也。……有节可纪，生一年纪一年。……予垂髫种此，即于树上刻诗以纪年，每岁一节，即刻一诗，惜为兵燹所坏，不克有终。犹记十五岁刻桐诗云："小时种梧桐，桐叶小于艾。簪头刻小诗，字瘦皮不坏。刹那三五年，桐大字亦大。桐字已如许，人大复何怪。还将感叹词，刻向前诗外。新字日相催，旧字不相待。顾此新旧痕，而为悠忽戒。"此予婴年著作，因说梧桐，偶尔记及，不则竟忘之矣。即此一事，便受梧桐之益。然则编年之说，岂欺人语乎？

李渔对梧桐则是从另一角度观赏，而且是从小种的。他是浙江兰溪人，是江南人种江南树了。

银杏王

有幸到天目山游览了一天，虽然时间仓促，没有能够从容登山，但第一天下午黄昏、第二天上午都到山麓上，顺着登山路径，一边走，一边抬头仰视，遥望顶峰，云气缭绕，时隐时现，苍茫绿海，万章古木，虽未登山，也颇得领略天目之气势了。坐在山涧中一块大石上，听着流泉，看着大树，望着云气，对着冉冉春光，似乎听到大自然的脚步声一样，真是“逝者如斯夫，不舍昼夜”，造化太伟大，而人则似乎太渺小了。忽然想起前两年在黄山脚下坐着看山时闲吟的诗句：“更无登泰愿，犹有看云心。”从小生长在山中，生性疏懒，最怕爬山，也不喜欢孔夫子那句“登东山而小鲁，登泰山而小天下”的名言。为什么要“小”人家呢？似乎充分显现了一种向上爬的野心、做领袖的欲望、统治别人的打算。因而同样也不喜欢杜甫的“会当凌绝顶，一览众山小”的诗句，总觉得诗虽然好，而口气过大，不免有点滑稽感，似乎应了一句俗话“癞蛤蟆想吃天鹅肉”，一个穷诗人居然想入匪夷，想爬到最高点去。甚至想“致君尧舜上，再使风俗醇”，这种诗让李林甫之类的人看了，不免要笑他不知天高地厚了。这恐怕是天真忠厚的诗人受儒家思想的毒素太深的缘故。而在我这种懒汉思想的人看来，看山总比爬山更有趣，“悠然见南山”的意境，我想也在于此吧。

话说远了，回到正题。这里是国家级自然保护区，山上一草一木都不能随意砍伐，因而满山都是古树，“见乔木而思故国”，树木要有漫长的岁月才能长大的，因而乔木古树都十分可爱，婆娑生意，随便一棵大树，都比人的年龄长。山中的朋友说，有一棵古银杏，清代皇帝南巡时，封为“大树王”，据说是南朝时遗物，现在一千多年了，长得还很好。不过在半山中，离山麓还有十来里山路，要跑快点，半天时间还可以去看；若慢慢地登山，就来不及了。因此这个“大树王”我便无缘朝见了。但是山麓边也有几株古银杏，郁郁苍苍，也都有几百年的树龄，虽非“王”，或者也可以封侯、封伯了。只是现在皇帝早已打倒了，无人来封。或者按照现在的办法，让它享受什么级的待遇吧！

▲《孔子杏坛讲学图》
（明）吴彬绘
孔子博物馆藏

银杏树是很美丽的树种，而且是多年生乔木，寿命特长，不少地方都有古老的银杏树，随便哪一棵，一说都是曾、高祖以上的年龄，甚至比爷爷的爷爷年纪还大了。

我很爱观赏古老的银杏树，但我认识银杏树却很晚，小时候虽生长在山村，而那穷乡僻壤中却无此嘉树，一直到高中毕业后，在北京一次偶然的机会，才认识了银杏树，由于它的美丽，才留下深刻的印象，懂得了观赏银杏。那还是古城沦陷的年代里，有一年深秋，我到中南海万善殿去看个同学，当时中南海可以随便进去，东北隅万善殿部分是一所伪立的新闻学院，有同学在此读书，我去找他聊天，骑车一进中南海东门往北一转弯，顺引路进一个大门，便是万善殿。不料我车子刚一进门，便被一片秋景所迷惑了。地上一片金黄，全是鸭掌般的落叶，夹杂着熟透了的白果，铺满了像一条绒毯一样，我抬头一看，好大的一株老树，直撑在碧蓝的秋云中，四周斑驳的破旧红墙，褪了色的兽头殿角，仍在这株高大老树杈丫枝叶的荫覆下。我突然置身于这样一种肃穆苍凉的气氛中，立刻下了车，暂不去找同学，先在此观赏感受一番吧。

我低头弯腰，先从地下拾起几片落叶，选择了两片颜色漂亮的，托在掌中仔细欣赏，那斜斜的叶柄，细密的叶筋，有平绒感的蜡黄的叶面，使人看上去那样舒服。每年春天萌生，夏天碧绿，秋深黄落，月复月，年复年，悠悠的岁月，古老的大树，不知生长过又飘落过多少万片黄叶……后来我把这两片银杏落叶夹在一本书中，过了多少年我还偶然翻书时见到它。据英国十九世纪著名博物家汤姆孙讲落叶的著述说：每片树叶在将落之前，必先将所有糖分、叶绿等贵重成分退还给树身，落在地上又经蚯蚓运入土中，化成植物性土壤，以供后代之用。我望着高撑在秋空中的老树，又看看手掌中的落叶，把这两者联系在一起，细想想又多么引人深思呢？万物生机其细微博大处，是那样的巧妙，太令人难以理解了。龚定庵诗“落红不是无情物”，指的是落花，而落叶又何尝不是如此呢？人非草木，孰能无情。人似乎是有感情的动物，然而其感情却常常比一张纸还薄；草木是无情的，然而却那样奉献，年年月月，千古不渝。这道理又如何理解呢？

我找过同学出来，又在这棵古老的银杏树下，踏着落叶，徘徊了很久，便和它分别了，以后再没有机会到万善殿去。前几年，偶然回北京，经过金鳌玉蛛桥时，还远远地可以望见它，有一次远处望去，树叶好像稀疏了，似乎更苍老了不少，近况如何，就不得而知了。

我所见到的最大的银杏树，是北京潭柘寺的“帝王树”。我在写《燕京乡土记》时，曾写过一篇《银杏奇观》，特别介绍了这株奇树。

按北京谚语说：“先有潭柘寺，后有北京城。”即潭柘寺建寺尚在北京建城之先。潭柘寺正名岫云寺，晋代名嘉福寺，唐代名龙泉寺，金皇统间为大万寿寺，明正统间又恢复旧名嘉福寺，清康熙时重修，赐命岫云寺。因山中有一股温泉名龙潭，又生长柘树，所以俗名一直叫潭柘寺。由晋代建寺，迄今已一千六七百年，那株银杏也长了一千六七百岁了。如今不但老干乔枝，生长极为葱郁，而且在十几围的老根旁，仍会长出手指粗的嫩条来，一样长满碧绿的叶子，真可以说是龙孙百代，生意无穷，近乎奇迹了。

白果树故事

银杏俗称白果树，正名公孙树。但是李时珍《本草纲目》中没有公孙树之名，却另有别名。其“银杏”条下记云：

白果，鸭脚子。时珍曰：原生江南，叶似鸭掌，因名鸭脚。宋初始入贡，改呼银杏。因其形似小杏而核色白也。今名白果。梅尧臣诗“鸭脚类绿李，其名因叶高”，欧阳修诗“绛囊初入贡，银杏贵中州”是矣。……以宣城者为胜。树高二三丈。叶薄纵理，俨如鸭掌形，有刻缺，面绿背淡。二月开花成簇，青白色，二更开花，随即谢落，人罕见之。一枝结子百十，状如楝子，经霜乃熟烂，去肉取核为果。其核两头尖，三棱为雄，二棱为雌。其仁嫩时绿色，久则黄。须雄雌同种，其树相望，乃结实；或雌树临水亦可；或凿一空，纳雄木一块泥之亦结。阴阳相感之妙如此。其树耐久，肌理白腻。术家取刻符印，云能召使也。

李时珍观察十分细致，写得很有趣。如夜间开花，随即谢落；雄雌相望乃结实等，都很有意思。潭柘寺大殿前，就是左右两株相望，但树高都在六七丈以上，非如李时珍所说之只二三丈。

潭柘寺的古银杏，清乾隆时因为认为这千年古树旁边不断地长出葱茂的小树，是祥瑞的征兆，象征爱新觉罗皇族的子孙繁衍，无穷无尽，因封此树为“帝王树”，正好同封天目山的古银杏为“大树王”配成一对。“帝王树”也好，“大树王”也好，封它们的爱新觉罗的列祖列宗们早已烟消云散了，其龙子龙孙们也已自食其力成为平头老百姓了。而千年古木却仍郁郁葱葱，充满生意，生长在天地间，使人感到，帝王的力量，从自然史观来看，也真是微乎其微了。

在植物学中，它属松柏科，落叶乔木，高可十余丈，雄雌异株。木质坚细，为建筑良材，而且值得称道的是：其一，它是史前期的植物，即在地球上爬满恐龙的时代它已有了，在冰河时代以前的化石中就有银杏树了。这比现在生长着的古银杏，还不知早几百万年，真可以说是老祖宗了。其二，它是中国所产，中国是它的故乡，世界其他各地的银杏树，都是由中国引种过去的。银杏树植物学名是Ginkgo biloda，是日

◥ 银杏树
徐悲鸿绘
一九四一年

文音译。而日本的银杏树也是由中国引种过去的。知堂在《中国的古树》说："由于中国学者的懒散，日本人首先把它介绍于世界学术界，所以拼了日本读音了。"这也是值得深思的事。

银杏名公孙树，据说是因其年长，公种树，到孙辈才能吃果。现在我国最古的银杏树，据说四川青城山有汉朝的，较之潭柘寺晋以后所种，又提前数百年了。因其是冰河期以前的植物，在古生物学中所说的史前期三叠纪、侏罗纪时期，生长最为茂盛，因而现在有"活化石"之称。故国乔木，神州故国，银杏该是最老的了。

前文说到在北京银杏俗称白果树，这还可以讲一个清末的政治故事：

西后垂帘时，庚子年成为联军指名战犯的满臣英年懂得看坟地堪舆，俗名"看风水"，文言才叫"堪舆"，或"青鸟之术"，他替西后看好顺义县普陀峪"万年吉地"（即坟地的颂圣叫法），急于升官，又向西太后献媚说：醇贤亲王（光绪皇帝的本生父）陵园上有古白果树一株，高十余丈，荫盖十几亩，远望如皇帝出巡时的翠盖。按地理风水，这应该是皇帝的坟地，而且白果树的“白”字放在王爷坟的“王”字上，正是“皇”字，对太后大为不利，请旨砍去此树。当时那拉氏和光绪的矛盾已十分尖锐，就对英年说，我就命你们把树砍了，不必告诉他，指不必告诉光绪。内务府大臣们虽然领了懿旨，但还不敢冒昧从事，又请示光绪。光绪听了要砍他父亲坟上白果树，严加训斥，说你们要砍此树，先砍我的头。内务府谁也不敢去执行任务，相持月余。一天早上，光绪听说西后出宫往醇贤亲王坟上去了，便也连忙赶了去，奔向红山口，一路号啕大哭。赶到墓地，那拉氏先走了，树早已砍倒，同时把根部挖成了大池，浇了生石灰烧了根，原来是瞒着光绪，早已叫村人准备了。王小航（照）任礼部主事，曾参与戊戌政变，是帝党人物。庚子后英年因包庇义和团被处决。光绪二十八年（一九〇二）王小航假称是赵举人，到红山口汤山一带住下来，向当地人做了调查。了解当时那拉氏亲自砍了三斧头，叫人砍倒白果树的故事。他的名作《方家园杂咏记事诗》二十首，第一首即是写这件白果树的故事。诗的后两句所谓“濮国大王天子父，南山莫保一株桥”。其“桥”字与乔木之乔相通，即指那棵白果树。《诗·郑风》“山有桥松”，即此字，训“高”也。“濮国大王”则用的是宋英宗的典故。宋英宗赵曙是濮安懿王之子，是宋仁宗赵祯的堂侄。他做了皇帝后，下诏书让大臣们讨论崇奉濮王的典礼。司马光、欧阳修等人主张应尊仁宗为皇考（即皇帝父亲），濮王为皇伯。王小航的诗用这一典故比喻光绪。因光绪的本生父是醇亲王奕譞，但他过继给其伯父奕詝（咸丰帝），也是那拉后的儿子，情况同赵曙一样。因银杏、白果树说到晚清故事，扯的太远了，就此结束。

古 槐

读北京《中山公园二十五周年纪念册》第四章《古槐》云：

居社稷街门内左右方各一株，围径一丈三尺五寸，空心，现实以砖泥，上生三干，左右下垂短枝百数十，仍具葱茂之状。按清乾隆时钱箨石侍郎（载）《社稷坛双树歌》所述“空腔偃卧，小干分披”，形状与今大致相同。其云“晓趋阙右陪祀坛，礼毕巽隅观古树”，“巽隅”即东南隅，与今地位亦同，以时计之，当系四五百年前所遗之物。

谈到北京中山公园的古树，去过的人都知道，最著名的是柏树。当年建园时，有古柏九百零九株，古槐较少，只有二十三株。但是有些古槐却是十分重要的。柏树大都是明永乐年间即十五世纪初修社稷坛时所植，而这些古槐中有几株则是修社稷坛时早已有了的，其年龄又可前百年左右，即已是十三世纪后期元大都时的遗物了。元大都的城在明代北京城北面，现在中山公园一带正是元大都南城门丽正门的右侧，当时这里有寺庙，这些古槐是当时寺庙的槐树。引文记载说是四五百年遗物，实际还少说了一百来年。

槐树生长是十分慢的，俗语云："千年松，万年柏，顶不上老槐歇一歇。"一株老槐树，歇上一歇，就是八十一百年。过去中山公园春明馆有对联云："名园别有天地，老树不知岁时。"老槐真可以说是不知岁时，钱箨石二百年前所歌的古槐，二百多年以后与诗对照，仍是老样子，真可以说是不知岁时了。

槐树在植物学中说它原产于东部亚细亚，落叶乔木，实际也是我国的树种。而其学名Sophora

◥ 槐串
（清）佚名绘
台北故宫博物院藏

Japonica，则是按日本音拼的。和银杏是同样的原因，就是日本学术界最早将这一树种介绍给世界。在中国历史上，槐树是很古老的，而且是很高贵的。《周礼·秋官》云："朝士掌建邦外朝之法……面三槐，三公位焉……"注解说："槐之言怀也，怀来人于此，欲与之谋。"而《春秋》也说"树槐听讼其下"。可见在古老的时候，栽种槐树是和朝政、司法联系在一起的。关于槐树的故事是很多的。

春秋时，晋灵公不理朝政，宣子突然间来劝告他。晋灵公很觉讨厌，派一个叫钼麑的人去行刺。钼麑一大早赶到他家，看见卧室门已打开了。宣子已穿好整齐的朝服，就要准备上朝去朝见晋灵公，因时间尚早，坐着又睡着了。钼麑感到宣子这样认真，不禁叹息说："他不忘记赶早去上朝，十分认真，毕恭毕敬，这真是老百姓的好官，我要刺杀他，我就不是忠心于国事的人了。但是我不刺死他，违背了国君的命令，我又是个不守信用的人。'忠信'二字，有一做不到，那就不如死了。"他叹息了一番，感到不能再活，便撞在槐树上自杀了。这是《左传》中记载的关于槐树的著名故事。

唐代东平淳于棼，住广陵郡东十里，住宅南面有株大古槐，枝干修密，绿荫数亩。一天他吃醉酒，被人扶回家中，在东房里便睡了。正睡得好，忽然见两个紫衣使臣，说是奉槐安国王的命令来请他，他便穿了衣服，跟使臣坐驷车去了，到了一处非常美丽辉煌的都城，门楼写着"大槐安国"。国王接见他，招他做驸马，把公主嫁给他。他谦虚了一番，便与公主成亲。公主名瑶芳，极为美丽，举行典礼时，女宾都如仙人。后因南柯郡原太守失职，国王派他继任，做了二十年太守，南柯郡大治。后因敌国来侵，拒战败绩，大将病死，公主也病死，连遭不幸，他请求回京城，国王允许了。他回到京师，交结宾从，作威作福，国王怀疑他，解除了他的侍卫，严禁宾客来往。他自思守郡多年，受到怀疑，因此郁郁不乐。国王知道了，对他说你可以回到家乡去，这样便派使臣送他回去。一路山川原野，仍像他当年来时一样。一回到了家，原来仍然睡在东房窗下。后来在大槐树下找到一个大蚂蚁窠，深广有一丈，蚂蚁聚集处，都是他梦中所经历的地方，不禁“感南柯之浮虚，怪人生之倏忽”……这是唐人传奇中关于古槐的著名故事，见李公佐的《南柯太守传》。

宋代初年王旦的父亲王祐，累官兵部侍郎、尚书，当时还是残唐五代的周朝，赵匡胤尚未黄袍加身，宋朝还未建立，他已很出名了。后来做了宋太祖赵匡胤的名臣，他告诫杜重威不要反对后汉，卢多逊要害赵普，他不与同谋，为符彦卿辩明无罪，当时人多称赞他能暗中帮助人，声誉很好。他曾在院子里自己亲手栽种三株槐树，并且自信地说："我的后代一定有做三公的，种上这三株槐树做个标志。"后来王旦出生了，好学有文思，王祐更自信了，说这孩子将来一定可以做宰相，封公爵，后来到真宗时，王旦果然做了公相。苏轼特为此事，写了题为《三槐堂铭》的文章。这是《宋史·王旦传》所记关于槐树的故事。

从周朝一直到宋朝，从公元前三四世纪到公元后十世纪，一千三四百年间，槐树故事一直是和大官有着密切关联的。不但姓王的人家，都以"三槐"名堂，不少文人学士，都爱以"槐"名堂名室。宋朝都城学士院第三层厅，院子里有一株古槐，称作"槐厅"，传说某些学士，只要在此厅呆过的，就可入相，因而不少学士把别人行李扔出去抢着霸占居住，希望以后能入相。古代还有"槐里""槐市""槐衙"的说法，而且槐树又名守宫槐，从古以来，人家均爱在庭院中种

◥《夏槐八景》之“槐市横经”
（清）戴衢亨绘
台北故宫博物院藏

植，首先取其叶密阴浓，第二取其象征吉兆。汉唐以来，都城学宫，都种很多槐树。唐代长安宫门外天街上，都种成行槐树，是当时的街树，称作“槐衙”，说明一株株成行槐树，好像衙门中官吏站班一样。唐武元衡《酬谈校书》诗云：“蓬山高价传新韵，槐市芳年记盛名。”从诗句可以想见唐代长安学宫中的情调。结合当时的谚语“槐花黄，举子忙”，就更可以想象当时考举子时的情况，展现一幅充满文化气氛的唐代长安槐市风俗画卷了。

槐荫文化

我在半个多世纪之前，家住北京皇城根，一进大门右手，就有两株十分高大的老槐，里院房东又种了五株洋槐。朝夕见面达十余年之久，印象极深。

据清陈淏子《花镜》记："树高大而质松脆，叶细如豆瓣，季春之初，五日如兔目，十日如鼠耳。更旬始规，二旬叶成，扶疏可观。花淡黄而形弯转，在秋初开花……"但是在《本草纲目》中却说："四月、五月开黄花，六月、七月结实。"其所记花期不同，这可能是各据不同的槐种记载的花期。北京的槐树最多，每个胡同中都有大槐树，三十年代的街上，也种了不少槐树做街树，如著名的府右街、南北长街、南北池子等处，种的都是槐树。具体说，槐树有两种：一是开黄花的老槐树，生长期慢，花期在阴历四五月间。绿叶扶疏，黄花闪灼，正春末夏初。商衍鎏《清代科举考试制度》（按，应为《清代科举考试述录》）说："唐代考试在春夏之间，观曲江看花，樱桃宴，'槐花黄，举子忙'之说，可以为证。"说的是这种槐树。另一种北京人叫"洋槐"，夏末秋初开花，白色，如藤萝花，一串串的，有浓郁的香味，生长较快，木质松脆。当年北京街头，都以这种树作为街树。夏天暴风雨过后，常常被风吹折枝干。《花镜》所说，好像是这种树，花基本上是白色的，花尖稍有黄绿意。至于老槐的花，那是很娇贵的明黄色，不好叫淡黄了。

《淮南子》说老槐可以生火，古人取火留火种，是十分重要的事。娇黄的槐花未开时，采下炒过煎水是很好的黄色染料。另外槐叶还可以吃，《本草纲目》李时珍注曰："初生嫩芽可炸熟，水淘过食，亦可作饮代茶。"杜甫的《槐叶冷淘》五古，写得十分有情趣。诗云：

青青高槐叶，采掇付中厨。
新面来近市，汁滓宛相俱。
入鼎资过熟，加餐愁欲无。
碧鲜俱照箸，香饭兼苞芦。
经齿冷于雪，劝人投此珠。
愿随金騕褭，走置锦屠苏。
路远思恐泥，兴深终不渝。
献芹则小小，荐藻明区区。
万里露寒殿，开冰清玉壶。
君王纳凉晚，此味亦时须。

“槐叶冷淘”，简言之，即槐叶拌冷面，而且是“新面”，即夏初刚打下的麦子磨的面。想来是很好吃，而且色彩十分漂亮。“騕褭”，骏马名，天真而忠心的诗人，想着把这样的美味用金鞍骏马，送到皇帝的彩画屠苏草的华堂上，想皇帝也该尝尝这个美味，天真之态可掬。而他想君王，君王又哪里会想到他呢？这正应了北京的一句歇后语，“剃头挑——一头热”了。

李笠翁《闲情偶寄》中云：“树之能为荫者，非槐即榆。《诗》云：‘于我乎，夏屋渠渠。’此二树者，可以呼为‘夏屋’，植于宅旁……夏日之屋，非大不凉，与三时有别，故名厦为屋。”李笠翁的话，旧时久住北京的人，感受特别深。住在古老的大小四合院中，深深的院落，深深的胡同，在自己院子中，在别人院子中，或是在胡同口上……总有一两株高大的老槐树，到了夏天，总有一大片阴凉，或罩满院子，或罩住房顶，初日或斜阳时，隔壁的老槐，也会把阴凉洒到你的院子中，“前人种树，后人乘凉”。北京做了近千年的首都，明清两代也有五百多年，这些老槐树，年轻的也有百数年树龄，老的二三百年、三四百年都有。当年北京没有高层建筑，夏天站在北海白塔上四周一望，一片绿海，差不多全是槐树。

文人学士，书房外面，一树老槐，冬天听风声，夏天赏绿荫，听知了叫，无一不宜。夏夜在槐树下乘凉，一壶好茶，一把芭蕉扇，天南海北地一聊，那更是人生不可多得的乐事。自然怕槐树虫——俗名“吊死鬼”的人，一个凉阴阴的很软的小虫突然掉在脖子

◤《桐阴清梦图》
（明）唐寅绘
故宫博物院藏

上，也会使他大吃一惊的。周遐寿《补树书屋旧事》关于这事写得很有趣：“……现在圆洞门里边一棵大槐树，妇女要上吊已经够不着了。但在几十年前那或者正是刚好，所以可能便是那一棵树。……可是住了看也并不坏。槐树绿荫正满一院，实在可喜，毫无吊死过人的迹象，缺点只是夏秋之交有许多槐树虫，遍地乱爬，有点讨厌，从树上吐丝挂下来的时候，在空中摆荡，或戏称曰吊死鬼，这又与那故事有点关联了。”

几十年前著名画家、金石家陈师曾号槐堂，因为他最早住在新华街张棣生院子里，有一棵大槐树，因以为号。后来悼亡之后，他买了西城根裤子胡同的新房子，搬了过去，门前又是绿树成荫，其四首移居诗中有句云：“门前几树绿成荫，比似槐堂孰浅深。”

年开百秩而逝世的俞平伯先生，他的故居老君堂有古槐书屋，是现代学者著名的以“槐”名其居舍的。有著名的《古槐书屋词》行世。过去他写过几本著名的散文集《古槐梦遇》《古槐梦寻》，而其故居当年这棵古槐的情况又如何呢？知堂在《〈古槐梦遇〉序》一开头就写道：

> 平伯说，在他书房前有一棵大槐树，故称为古槐书屋。有一天，我走去看他，坐南窗下而甚阴凉，窗外有一棵大树，其大几可蔽牛，其古准此。及我走出院子里一看，则似是大榆树也。

老辈的风趣，于此可见一斑，读后使人为之神往。见乔木而思故国，抚老槐亦可感往昔了。而北京近年到处盖了高楼，老槐也越来越稀少，古槐树的故事也就只讲到这里吧。

故园草木（之一）

“故园草木”是个好题目，我写下了这个题目不由得自我欣赏起来，几乎感到有点飘飘然、浑浑然了。自然，自我感觉正应了那句古话，“如鱼饮水，冷暖自知”，别人是不会知道的。

说起咱家故园，实在也不是什么值得赞扬或引人神往的好地方，简言之，只是北国的一个偏僻的苦山乡而已。地当晋冀交界之处，在春秋时代，是赵国的边地。赵武灵王的墓在这里，所以地名灵丘。拓跋氏北魏时代，其政治中心在云中，这里是通向冀中大平原的交通要道，在地理位置上是十分重要的，迄今还留下两通有名的魏碑。一条发源于北岳恒山的河向东南横贯全县流入河北省白洋淀，再流入天津海河入海。河的南北岸，最宽处不过十几里路，其他南北都是连绵不断的山了。这条河古名滱水，冬天结冰时，河面也可看到宽有十来丈的坚冰；而到春天一开河，桃花水一过，河就干了，河床上全是大大小小的石头，并不都是滚圆的鹅卵石，也有不少其他形状的，在石头中，经常只流着丈把宽、一尺来深的一股洪水，昼夜哗哗地响着很大声音东流而去，只有在夏天雨后，山水滚滚而来的时候，才有点气势，也才可以利用来浇地淤地。我家住在河南岸的镇上，南北两面，先是丘陵地带，连着就是南山和北山了。南山有点青秀，北山望去，则是一片黄土。因而家中的祠堂挂着一块匾，曰“南峰草堂”。南峰是先祖选青公的别号，他名邦彦，在上世纪末，是以举人应朝考，做过内阁中书的小京官。先父汉英公则是没有功名的民国人物了，不过他很喜欢作诗，很热爱这个祖祖辈辈居住的地方，曾经有两句诗道：“五百年来宅滱阴，绵绵累世尽儒林。”还是老辈读书人的思想感情。其实从时代讲，由于政治环境和交通工具的发展，人们四海为家，家乡

◤《花卉册》之“萱草”
（清）赵之谦绘
上海博物馆藏

观念已经越来越淡薄了。所以不少人说到“故园草木”，也都是越来越淡的梦痕，褪了色的纸，渐行渐远渐无书，水宽鱼沉无处问了。因而能留在记忆中的“故园草木”，也是模糊的了。

北国山乡，不比江南，既寒冷又干燥，千百年来的水土流失，使得山是黄秃的，水是黄浊的，记忆中极少青山绿水的印象，不少地方的草木也都像癞子头上的毛发，纵然是夏天，也都稀稀疏疏的，盖不住黄色的地皮。故园大部分都是这样的，但也有例外，就是在村落附近，固然不少都是黄土梁，却也有几处泉水潺潺的小山村，也有几处树木茂密的小山沟。出了镇上南堡门，爬过黄土梁，走不上几里路，顺着山沟左手一转弯，就有两座长满松柏树的山，山凹里一座不大的庙，叫邓峰寺，山门对着左右二山，一边长满松树，一边长满柏树，几百年来，界限分明，互不混乱，当地谚语道："松柏不乱邓峰寺。"小时候平时看镇上南北梁的黄土坡地，偶然一次随大人到这里来玩，看见满山这么些松树、柏树，从树林中钻来钻去，觉得哎呀，真好玩呀！

草，当然是随处都有的，故园的草，幼稚的印象中并未留下多少记忆。能回忆起来，饶有兴味的，一是萱草，一是大谷草。

自己家有两处菜园子，另外别人家也有几处菜园子，这都是幼年最爱去玩耍的地方。每个菜园都有口可以放双辘轳的大井，上下两个水斗来回绞水倒在石槽中再流向园子各处灌园。这同江南用水桶挑水灌园的办法完全两样。在井台四围，照例有十来株树，杏树、榆树、桑树、核桃树，等等，而靠辘轳架边上，照例种几丛萱草，长的都很茂盛，碧绿的长条叶子四散披离着，中间一根梗子上开着长长的金黄的花，这就是有名的金针菜，北京叫黄花菜，南货店卖的是煮熟后晒干的，而园中的黄花菜，却可摘了鲜的炒着吃，比干的水浸了再炒好吃得多，不过孩子们却不大注意鲜黄花菜的好吃与否。最大的兴趣却是摘了萱草的叶子，拧起来编成草鞭子打响鞭玩。乡间儿童，不论贫富，一般都没有地方买玩具，只有自己制造。而北国山乡人家，养骡马牛羊的很多。三套四套大车车把式用的长竹柄带大红羽毛缨的鞭子，羊倌放羊时，手里舞弄的短柄长鞭子，一挥啪啪乱响，都是男孩子们羡慕的玩意。可是真的皮条编的，那是很贵的，自然买不起也弄不到。把长长的萱草叶子，拧成三股，编成一条长鞭，拗半截柳枝做个柄，系上便可以随意挥动了。大家追逐着，挥动着，欢天喜地在菜园子里玩，把畦子里的菜常常踩得乱七八糟，直到大人一顿臭骂，才做着鬼脸纷纷从断墙头逃出去，这是故园萱草留下的美好记忆。

在井台边，除去萱草之外，自然还有很多草，鲁迅写过《从百草园到三味书屋》，百草园是他们的后园，因了他而大大地出名了。什么何首乌、木莲藤、覆盆子，等等，想来都是很好的。而我所说的这个园，除了萱草之外，还有其他什么草，则我都不记得了。现在想来真遗憾。可也没有法子只好就此打住，或者再说些园外的吧。

故园草木（之二）

镇上顺北街走，转过曾王庙和戏台就出村了。再走一里来路，就可到滹水边。在大河与村落之间，有一小片河滩地，还有一片杨树林、一条小河汊，因而到夏天这一带是绿阴阴的，是孩子们放驴放骡马的好去处。夏天牲口不干活，牵到这片杨树林中、河汊滩边的草地，任它［们］自由自在地吃青草，或闲散地站在那里东张西望，再不要负重，再不会挨鞭子，让它们舒服地过个夏天，谓之“放青”。孩子们让牲口们放青，自己则也可在草地里翻跟斗，捉蚂蚱，无拘无束地玩，不过还有任务，就是要割一小捆大谷草，带回去给牲口晚上吃。驴骡马匹夜间槽头吃的“夜宵”

是十分重要的，“马不得夜料不肥”嘛，不但要吃草，而且要加料。乡下叫“大谷草”，是一尺多高的带穗子的翠绿的草，现在回想起来，实际就是茅草，河滩潮湿，茅草长得很壮，正是很好的青饲料。“日之夕矣，牛羊下来。”到日落西山的时候，孩子们把割好的草捆了，搭在驴上，自己又站——是站，不是骑，是赤脚分开斜踩在驴的脊梁两侧——在驴背上慢悠悠喊着，叫着，唱着，从小杨树林穿出来，各回各家。我要上学，不能跟他们一起享受这种快乐，但多么羡慕呢！因而几次逃学跟着他们去放驴，割大谷草，这样，大谷草又给我留下甜蜜的记忆。

村中大树不多，南面堡门外坡上，有三棵很挺秀的松树，树龄大概有一百多年吧，最高松枝也有两三丈了。全村各处都能望得见。这松长在庙外崖边，平时孩子们偶然有拾松塔，剥松皮，但也并不十分好玩。印象最深的是正月十五耍龙灯时，锣鼓喧天的队伍由北街开始，东西南北四条街耍完后，太狮、少狮、旱船等都结束了。而两条龙灯还爬上坡去，在这三株松树间转来转去，叫作“龙盘松”。这时已近午夜时分了，可是大孩子还在期待着，远远地望着黑黝黝的夜空中，蠕动着的灯火龙像梦幻般绕来绕去，松树的黑影在似有似无之间，此后，便是灯火阑珊之际了。

松树之外，有些株老柳树，一是场院沤青肥池边上的老柳树，三四丈高，枝繁叶茂，夏日浓荫不但遮住沤肥池，也遮住了半个场院。再有就是住屋后的围房树，这是家中最后面一个院落，白天没有人来，正房后面有一排五六株高大的老柳树，夏天阴凉不但遮满了房顶，连整个院子也遮住了。而冬天却也相当吓人，晚间我跟着母亲到后院睡觉，黑乎乎的，一进院子就听到西北风震撼这几棵老柳的声音，有时半夜睡醒，听到风声摇树震屋，似乎要把树和房子一道拔走……

山乡人家，不比平地，常常高处可以看到低处，低处人家也可望到高处人家。隔河北山坡下有一个极小的山村，倒有几十亩河滩地，都是修成梯田的淤地，人家五六户，石头砌的房舍都背山向阳而居，房前全是杏树，春天开花的时候，站在我家厨房院阳台上，可以清楚地望到在阳光下一片粉白的花浮动着水气。后来我读书到“云蒸霞蔚”数字时，总会想到儿时故园的这种情景。待杏子熟时，孩子们更是喜欢蹚水过河，到这里拾杏子吃，我天生不吃杏子，但也很爱它的颜色，再有别的小朋友吃了杏，我讨来杏核捣杏仁吃，甜杏仁鲜时，特别好吃。苦的则一吃一敛嘴，连忙吐了。这也是天真的梦了。

北国山乡气候严寒，不少草本、木本花卉都不能在户外过冬，要养在盆中，冬天放入地窖中，封好口，春天搬出来。乡间古老的房子，院落很多，夏天也有不少花木。而冬天在院子里过冬的只有三种，一是大门进来处一大丛芍药，一是中间院子中一大棵牡丹，还有就是北跨院一大棵丁香。芍药是草本植物，冬天叶子割去，根在泥土中过冬，泥土也会冻起来，要冻一二尺深，但芍药根冻不死，明年春天仍会茁壮发芽。牡丹木本，冬天用草把枝条包起来，根部多堆些乱草，因种在院子西北角，向阳而背风，所以长得很好。至于丁香，更是很耐寒的，故园那株紫丁香根部几根缠在一起，高与檐齐，葱葱茂茂，每年着花时一树紫霞，两三个院子都是香的。纵然过了花期，一树绿叶，在小绿野轩廊前，日影斑驳，也极为宜人。每年冬天送入花窖中的有几株桂花、石榴、无花果等，最有情趣的十五六盆玉簪，夏天一字摆在书房外青石阶上，大叶披离，绿油油的，抽出枝梗，开出雪白的玉簪花，在我的感觉中，比水仙还要高雅宜人。北国少雨地寒，不能种芭蕉，因而“绕屋是芭

◤ 玉簪花
（《各样花图册》水粉，外销画）

蕉，一枕黄昏雨”的境界是感觉不到的。但夏天遇到连阴雨时，雨点滴在玉簪叶子上的声音，淅沥可听，也颇有雨打芭蕉的情趣。

故园在北国山乡，那里是苦寒的地方，没有什么奇花异草、名贵树木，况且自己很小就离开了。因而故园草木，所能回忆的也就十分有限了。但是这点可怜的草木，在日寇侵略的铁蹄下，也已荡然无存了。金人南下，打破汴京，宋徽宗赵佶经营多年、以花石纲从江南运来无数奇花异树的艮岳，在一月之间，全部变为樵苏，被砍伐殆尽。当年皇家苑囿尚且如此，何况乱世兵火后私人家的一点花草树木呢？也只是如此而已罢了。

寒窗花草

气候寒冷，对草木虫鱼的影响很大，在上海这种地方，四季分明，冬天虽不算太冷，而室中无取暖设备，零度左右的室温是常见的，在这种室温下，不少草木虫鱼就无法生长了。前年十二月间，路过附近一个小花店，见圣诞红开得很好，便买了一盆，摆着看看。刚买来时，天气还好，暖日当窗，花红叶绿，很是赏心悦目，觉得这几块钱没有白花。可是过了几天，突然寒流袭来，室温顿降，娇红的花一下子全蔫了，蔫了也就完了。感到草木之属，有的真不如人坚强，不如人禁得起冻。过后不久，到福州出差，才发现在福州这圣诞红又叫“一品红”“象牙红”，原来是长在户外的树，长得有一二丈高，满树开花。南北只差一千多里路，气温就相差这些，花木也就大不一样了。南国四季花开，是得天独厚的。但也有缺点，即他们不知冰雪为何物。新加坡一位女士同我说笑话：新加坡样样都有，就是没有冬天。人说来是奇怪的：没有冬天地方的人，幻想着冰天雪地的世界，有钱的花钱去旅游，到滑雪圣地去滑雪……而有冬天地方的人，却又想在冬天的室内看到一点绿的草、红的花……当然有权势的人，可以在室内修个花园，外界冰天雪地，而我这里照样可以是南国风光。这是冷热地带人的不同心态。

生活在江南的人，既不同于北国，又不同于炎方。北国不要说东北，就说北京吧，冬天也要冰封大地二三个月之久。梅花、蜡梅、桂树等都只能种在盆中，不能在户外生长。而江南就可以，冬天虽然有时也可冷到零下几度，但时间短，三五天又回暖了，地表不冻，因而梅花等都可以在户外生长开花。记得有一年春节前正好有事住在苏州姑苏饭店，天下着大雪，而

饭店门口几丛大蜡梅，却开得正猛，大片雪花落在花朵上，花枝都压弯了，而花却怒放如故，一点也不受影响。这种景观，在北京，在南国炎方，都是无法想象的。

▼ 腊梅花树盆景
故宫博物院藏

我很爱蜡梅，过去每到过年，总要买一枝蜡梅、一枝南天竹，插在瓶中，点缀岁华。蜡梅插瓶，花期也很长，差不多可以开半个多月。说来我还不会摆弄，人家会养的，可能更长些。蜡梅一看花，二闻香，黄色花心的，俗称素心蜡梅，更香些。而红色花心的，香味差些。后来有两年，附近买不到了，到远处去买，又无此精力，只好不摆。反正看花当不了吃饭，这本是无所谓的。今年春节前，经过附近小菜场，看见小贩又在卖，便又买了一扎，几年不见了，如对待老朋友似的感到欣喜。回来慎重其事地把瓶注了水，插上看了十来天，闻了十天香，后来谢了，便弃之如敝屣，扔到垃圾桶算了。人嘛就是这么一回事，何况我这个对草木虫鱼之类本来不大注意的人，过去就算了。谁还再认真对待呢？

据说蜡梅不是梅，范成大《梅谱》中说："蜡梅，本非梅类，以其与梅同时，香又相近，色酷似蜜蜡，故名蜡梅。凡三种，以子种出不经接，花小香淡，其品最下，俗谓之'狗蝇梅'。经接，花疏，虽盛开，花常半含，名'磬口梅'，言似僧磬之口也。最先开，色深黄，如紫檀，花密香浓，名'檀香梅'。此品最佳。蜡梅香极清芳，殆过梅香，初不以形状贵也。"

在植物学分类中，蜡梅属蜡梅科落叶灌木，是自成一科的。以种子种植的品质恶劣，用分根、压条方法繁殖的，着花繁茂。

宋黄山谷有《戏咏蜡梅二首》《蜡梅》《从张仲谋

乞蜡梅》诗。其《戏咏……》题下注云："京洛间有一种花，香气似梅，花亦五出而不能晶明，类女功捻蜡所成，京洛人因谓蜡梅。木身与叶，乃类蒴藋。窦高州家有灌丛，能香一园也。"

据此人们都说蜡梅自北宋才普遍栽植，而且是由河南传向江南的。据山谷诗注，亦可见河南可生长灌木丛，生长在户外，到了燕山，这点又办不到了。过去在北京见到八九尺高的蜡梅，也是种在大木桶中的。黄山谷几首蜡梅诗，最后一首最有情趣，现引于下：

闻君寺后野梅发，香蜜染成宫样黄。

不拟折来遮老眼，欲知春色到池塘。

与蜡梅同时开放的，有水仙，水仙是石蒜科多年生草本。据说漳州水仙最出名，前几年到福建出差，朋友送我几颗水仙，我珍重地带回上海。据说水仙要刀割了，才能开花。我很笨，不会这个手艺，便请朋友割之，一半归她，一半我自养。不想虽然动过手术，我仍不会养，结果叶子长得很好，越长越高，只是不开花，变成一盆大蒜了，真是遗憾。第二年我索性请朋友帮忙，在她家中先养，到开花时，再给我拿来。我完全是剥削别人劳动力的拿来主义思想，但我总算看到水仙花了。曾有诗云："寒窗照影水仙花。"有了花便也有了诗。

寒天的花再有就是梅花，不过比蜡梅、水仙要晚多了，差不多要晚上一个月。至少在旧历正月下旬才盛开，实际已是早春

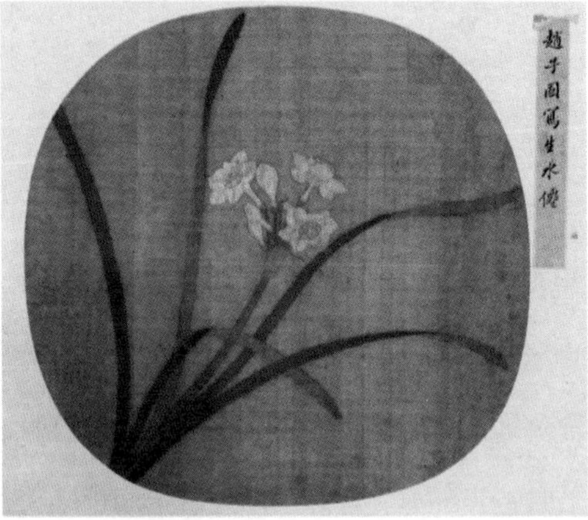

◥《水仙图》扇面
（宋）赵子固绘
故宫博物院藏

了。曹雪芹写“琉璃世界白雪红梅”，把花期写在十月中，如把小说的一切认真考据，那曹雪芹对南方生活看来只是耳闻，而无实际生活体验，或者是明知而故意这样写。总之，从事实讲，是差着三个多月。

江南寒窗花草，自有其特殊情韵。明张谦德《瓶花谱》云：“冬间别无嘉卉，仅有水仙、蜡梅、梅花数种而已。”这正是江南说法，如在岭南炎方，自不同了。楼钥诗云：“一味真香清且绝，明窗相对古冠裳。”蜡梅、水仙，自是寒窗仙品了。

蟋　蟀

一个民族的风俗是很有趣味的，纵然小孩玩耍的事，也会两千多年不变地流传下来，我在谈到蝉时，曾说过现在小孩捕捉知了的方法，仍旧同《庄子》书中所说“伛偻承蜩”的方法一样，这中间又没有人主动去传授或师承，但代代相传，总用同一的方法去游戏，细想起来，不是很有意思吗？再有就是蛐蛐和蝈蝈，这两种有趣的昆虫，一个既会叫，又会斗；一个本领差一些，只会叫，但叫得更好听，同样为人所喜爱。玩蛐蛐，玩蝈蝈，不但历史悠久，而且区域广阔，北到燕山，南到岭南，东至吴越，西及巴蜀，几乎没有一个地方的孩子不喜乐、没玩过这两种昆虫。谁下的命令，谁来推广的呢？没有，是自然形成的，这就是历史，这就是民俗，这就是不经任何人工合成的纯朴的生活情趣！

蛐蛐的学名是蟋蟀，这是最早出现在经书上的名虫，《诗经·唐风》有“蟋蟀在堂”三章，另在《豳风·七月》篇中又写道：“五月斯螽动股，六月莎鸡振羽。七月在野，八月在宇，九月在户，十月蟋蟀入我床下。”

注云：“斯螽、莎鸡、蟋蟀，一物随其变化而异其名。”在著名的陆玑《毛诗草木鸟兽虫鱼疏》中又详注云：“蟋蟀似蝗而小，正黑有光泽如漆，有角翅，一名蛬，一名蜻蛚，楚人谓之王孙，幽州人谓之趋织，督促之言

◤ 蟋蟀

（《毛诗品物图考》）

也。里语曰‘趋织鸣，懒妇惊’是也。”

蟋蟀的别名甚多，在《诗经》中即又叫斯螽，又叫莎鸡。到后来则是越变越多了。现在北京小儿叫“蛐蛐儿”，苏沪一带小孩叫“赚绩”，这种写法见顾禄《清嘉录》，实际都是“趋织”“促织”的一音之转，南北口音不同，出现了不同的叫法。至于蛬，则系蛩的异体字。而“王孙”一词，则不普遍，只是诗人词客吟唱的材料耳。有人写《秋日诗》道：“芳草不复绿，王孙今又归。”因为“萋萋芳草忆王孙，柳外楼高空断魂，杜宇声声不忍闻。……”是伤春词的名句，现在秋天的诗又用芳草、王孙，人便不理解了。实际这里是巧妙地用了蟋蟀又名王孙的典故，不知此典的人，读来便大惑不解了。

蟋蟀之与人关系密切，首先在于它依人而居和它的鸣声感人。所谓“嗟我妇子，曰为改岁”，即看见蟋蟀依人，听到声音凄切，则知寒之将至矣。一年秋去冬来，又快过完了，有岁时之感的人，谁不因之吃惊呢？“促织鸣，懒妇惊”，连懒妇都吃惊，何况离人羁客呢？自然是感慨万端了。近代词人朱彊村有一首《月下笛》，题目是《闻促织感赋》，写得十分缠绵，不避文抄公之嫌，引在下面，供读者吟赏：

冷月墙阴，凄凄碎响，替秋言语。羁人听汝，咽愁丝，黯无绪。空阶都是伤心地，恁禁得衰镫断雨。正宵砧四起，霜弦孤曳，宛转催曙。

愁误，金笼住。伴落叶长门，枕函慵诉。回纹罢织，旧家零乱机杼。西风凉换人间世，问憔悴王孙几度？等闲是变了潘郎发，梦寄谁去？

词人的感受，虽不同于懒妇、思妇，但因虫声的凄切，牵动思绪离愁的关系是一致的。“吹皱一池春水，干卿底事？”用科学家、哲学家的观点看蟋蟀叫，是两翅摩擦发声，是动物本能，并不是叫，与人根本无关系。但古今多少善感的人，却因了小小虫声，牵动感情，想来又是多么可笑呢！而朱彊村的这首词写得实在感人，不愧为近代名家。

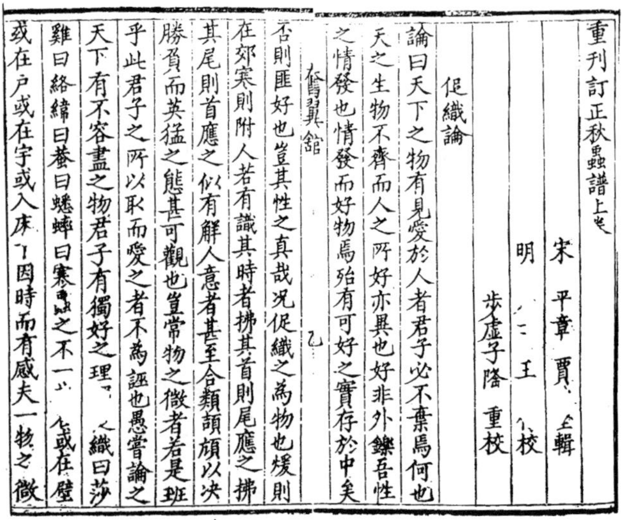

重刊訂正秋蟲譜上卷
宋　平章　賈[illegible]　[illegible]輯
明　[illegible]　王[illegible]　[illegible]校
步虛子　隆　重校
促織論
論曰天下之物有見愛於人者君子必不棄焉何也
天之生物不齊而人之所好亦異也好非外鑠吾性
之情發也情發而好物焉殆有可好之實存於中矣
奮翼館　乙
否則匪好也豈其性之真哉況促織之為物也煖則
在郊寒則附人若有識其時者拂其首則尾應之拂
其尾則首應之似有解人意者甚至合類頡頏以決
勝負而英猛之態甚可觀也豈常物之微者若是班
乎此君子之所以取而愛之者不為誣也愚嘗論之
天下有不容盡之物君子有獨好之理[illegible]織曰莎
雞曰絡緯曰蛬曰蟋蟀曰寒蛩之不一[illegible]或在壁
或在戶或在宇或入床下因時而有感夫一物之微

◥ 旧题宋贾似道辑《重刊订正秋虫谱》书影
（天一阁藏明嘉靖二十五年[一五四六]刻本）

蟋蟀天性好斗，孩子们便玩斗蛐蛐了。用蟋蟀来斗起于何时，虽然一下子说不准，但我想这最早是儿童游戏。一些儿童大了，不再有此童心；一些由少年进入青年甚至成年，对此仍感兴趣，这样斗蛐蛐就不只是儿童游戏，而变为青年人、成年人赌彩斗胜的玩意了。至少在唐宋之后，已在民间十分普遍了。不论城乡，无分南北，到了秋季，不少人都爱好这一游戏，这样专门著作也出来了。南宋著名的权佞宰相半闲堂主人贾似道就写下了一本很有趣的小书——《促织经》，其中论蟋蟀优劣道：

> 白不如黑，黑不如赤，赤不如青麻头。青项、金翅、金银丝额，上也；黄麻头，次也；紫金黑色，又其次也。其形以头项肥，脚腿长，身背阔者为上。顶项紧，脚瘦腿薄者为上。虫病有四：一仰头，二卷须，三练牙，四踢脚。若犯其一，皆不可用。

这位宰相不愧为一“蟋蟀专家”，他的文字十分简洁，而论述却很精到。后来谈到蟋蟀优劣的标准，大体不出他这个范畴。如刘侗《帝京景物略》说：“凡促织，青为上，黄次之，赤次之，黑又次之，白为下……首项肥，腿胫长，背身阔，上也。不及取次，反斯下也。”大体上和贾似道所论仿佛。

以善斗来做标准，对蟋蟀生长的地方也有所选择。

就是生于草中的，体软；生于砖石间的，体刚。浅草从泥土地上生长的，性情温和。乱石堆、断墙深洞中生长的，性情猛劣。

各地都有出产好蟋蟀的地方。见于记载者，如《帝京景物略》所记北京永定门外五里之胡家村，《清嘉录》所记吴县横塘楞枷山下各村庄，《广东新语》所记东莞熊公乡花溪、银塘等地，都是出产名蟋蟀的地方。

外行人看上去，只不过一个小虫，而内行人眼中，却各有各的名称。可以叫出名称的有油利挞、蟹壳青、金琵琶、红沙、青沙、绀色、枣核、土蜂、长翼、飞铃、梅花翅、土狗、螳螂形、牙青、红铃、紫金翅、拖肚黄、狗蝇黄、锦蓑衣、金束带、红头紫、乌头、金翅、油纸灯、三段锦、月额头、香狮子、蝴蝶形、黄白麻头、竹节须等。真可以说是佳名众多，内行一看便识，外行则莫名其妙了。

斗蛐蛐·听蝈蝈

蟋蟀就是蛐蛐，一是捉，二是养，三是斗。自然其间斗伤还要治伤，有病还要治病。捉的方法南北各地大体都是一样的，秋天七八月间，在乱砖石堆，断墙残壁杂草丛生处听声音，翻石搬砖拔草，蟋蟀突然跃出，如是儿童，连忙用小手去拍。如是专干这个行当的大人，自有竹筒、过笼、铜铁丝罩等工具。捉住之后，回来再养到蛐蛐罐中。在北京儿童们喂养方法很简单，剥两粒新鲜毛豆放入罐中即可。如照《花镜》所说，就考究多了。要用极小蚌壳盛点水放入里面，然后每天以鳗鱼肉、鳜鱼肉、茭白、芦根虫、断节虫、扁担虫等喂养，如捉不到虫，以熟栗子碎米饭喂养。它的伙食有荤有素，都是高蛋白有营养的食物，说来是很考究的。吃得这样考究，谁养得起呢？这就不是儿童的玩物了。南宋贾似道是宰相，外兵打到城下，他尚在葛岭半闲堂斗蟋蟀，人称他玩蟋蟀为“平章军国重事”。至于明清两代后，那一般游手好闲、富贵家庭的纨绔子弟，甚至京师皇帝宫中，都以斗蟋蟀博采赌输赢了。北京过去斗蟋蟀的秋楼出报条，红纸大书“秋兴可观”，而《花镜》中记杭州、南京等地则曰：“每至白露，开场者大书报条于市，某处秋兴可观。”《清嘉录》讲苏州斗蟋蟀亦谓之“秋兴”。

曾见宋人画院无款《秋庭童戏图》，画着一群小孩围着，有的蹲在地上，有的弯着腰探着身子，共同注视着蛐蛐罐，斗得极为有趣。这是孩子们斗蟋蟀的情景，不少人都有过同样的甜蜜的童年记忆，纵然已成为飘零的梦，也还感到无限天真、温馨。但同样［的］游戏，一入市井，到了成人的圈子，便完全不同，成了各怀杀机的赌场了。《花镜》记云：“开场［者］大书报条于市，某处秋兴可观。此际不论贵贱老幼咸集。

捉蟋蟀（《聊斋全图》）

◤ 花卉草虫扇面（明）陈洪绶绘 台北故宫博物院藏

◤《秋庭戏婴图》
（宋）苏汉臣绘
台北故宫博物院藏

初至斗所，凡有持促织而往者，各纳之于比笼，相其身等、色等，方合而纳乎官斗处，两家亲认定己之促织，然后纳银作采，多寡随便。更有旁赌者与台丁，亦各出采。若促织胜，主胜；促织负，主负。胜者鼓翅长鸣，以报其主，即将小红旗一面，插于比笼上，负者输银。其斗也，亦有数般巧处。或斗口，或斗间。斗口者勇也，斗间者智也。斗间者俄而斗口，敌弱也。斗口者俄而斗间，敌强也。”

《清嘉录》中还记苏州斗蟋蟀情况云：“……大小相若，铢两适均，然后开册（按，即比笼分隔之栅栏门）。斗时有执草引敌者，曰‘莛草’(按，即蟋蟀草，俗名蛐蛐探子，用来伸入笼或罐中撩拨蛐蛐，以招其怒)。两造认色，或红或绿，曰标头。台下观者，即以台上之胜负为输赢，谓之‘贴标’。斗分筹码，谓之‘花’。花，假名也。以制钱一百二十文为一花，一花至百花、千花不等，凭两家议定，胜者得彩，不胜者输金，无词费也。”

按照顾铁卿《清嘉录》所记，“千花”即等于一百二十吊制钱，按当时钱价折算，便是一百二三十两银子了。这在当时不是小数目，可见虫儿虽小，赌注却是相当大的了。因而当时因斗蟋蟀倾家荡产者亦大有人在。至于《聊斋志异》中《促织》一篇所写的故事，其悲惨命运则较一般输钱荡产者更为严重得多。

一样以虫鸣秋，蟋蟀鸣之外还要斗，而以斗为主，而蝈蝈则纯是为了听其鸣声了。不过还有一个不同，即一般人童年时，都有捉蟋蟀的旧梦，却很少有捉蝈蝈的回忆。在江南及北方城市中，蝈蝈都是卖的。只有生长在北方农村中的孩子，才有在豆子地、高粱地里捉蝈蝈的经历。因为蝈蝈不像蟋蟀在乱砖乱石乱草丛中都生长，蝈蝈则大都是生长在田野中的。《清嘉录》记云："秋深，笼养蝈蝈，俗呼为'叫哥哥'，听鸣声以为玩。藏怀中，或饲以丹砂，则过冬不僵。笼刳干葫芦为之，金镶玉盖，雕刻精致。虫自北来，薰风乍拂，已千筐百筥，集于吴城矣。"

这"虫自北来"，说得很清楚，都是河北、山东等地的汉子，挑了上千只蝈蝈笼子，一路上"呱呱……"地叫个不停，到各地去卖。这几年个体经济发展，在京沪等地，年年一到夏秋之际，集贸市场上，叫卖蝈蝈的担子又多起来了。想来这也是世袭职业，最晚也是由明代开始，这种贩子挑了蝈蝈笼子卖蝈

◤ 民国时期卖蝈蝈的小摊

蝈，少说也有四五百年历史了。挑着上千笼蝈蝈，千里迢迢地贩卖，真不容易，纵然赚上点钱，也实在是够辛苦的了。京沪楼居者，在小小阳台上摆两盆草花，买一小笼蝈蝈，挂在那里，听听鸣声，纵无豆棚瓜架，但闭目神游，多少也有些田园风光了。

蝈蝈或写作“聒聒儿”，正名则为“络纬”，又名“纺绩娘”，属昆虫类，直翅门，螽斯科。雄的前翅，有微凸的发声镜，能鸣。所谓“凄声彻夜，酸楚异常”，文人韵士听之另有感慨。道光时吴江词人郭麐《琐寒窗·咏蝈蝈》云：

络纬啼残，凉秋已到，豆棚瓜架。声声慢诉，似诉夜来寒乍。挂筠笼晚风一丝，水天儿女同闲话。算未应输与，金盆蟋蟀，枕函清夜。

窗罅。见低亚。簇几叶瓜华，露亭水榭。葫芦样小，若个探怀堪讶。笑虫虫自解呼名，物微不用添《尔雅》。便蛇医分与丹砂，总露蝉同哑。

这首词和《蟋蟀》篇中的那首词比较，那一首是遗老口吻，感时伤逝。而这一首则是一般江南士子口气，有家庭生活情趣，像一幅风俗画，比较起来，我更喜欢这一篇。

两篇各引一词，可以作为“蟋蟀、蝈蝈词话”看了。

虫趣话蜗牛

当年吴雨生（宓）先生有两句名诗道："半生绮罗梦，细语鸟虫惊。"人生天地间，有人也有虫。住在高楼大厦中，高级豪华空调房间，考究的密封窗和卫生设备，隔绝了外面的世界，这样自然没有苍蝇、蚊子等害虫的滋扰，但也听不到蝉唱、蛙鼓、促织唧唧……领略不到自然的情趣，和自然隔绝了。造化创造了人，又创造了虫，人与虫共同生存在天地间，用现代科学术语说，叫作"生态关系"。在各种生态关系中，有的是互相危害的，有的是互相依存的，有的是互不相干的……人为万物之灵，人与虫之间，自然是不平衡的，害虫于人有害，益虫于人有益，人自然要保护益虫，消灭害虫，这是很合理的。但除此之外，在人与虫互不干扰两相遗忘时，则人与虫便是平等的了。万物静观皆自得，面对昆虫世界，或看或听，静中得趣，神为之夺，这样或可暂时脱离人世，而神游于昆虫世界，返乎自然了。沈三白看蚂蚁交战，不觉神移，忽见庞然大物，排山倒海而来……视癞蛤蟆为庞然大物，便是已进入这种境界了。鲁迅名句“白眼看鸡虫”，为什么对鸡虫加以白眼呢？还是“细语鸟虫惊”来得好，对虫亦可细诉平生了。

能与虫细诉平生的人，是懂得虫趣的。这使我又回忆起春明童年之梦了。

在我懂了事的童年时代，我有幸过过两个铜子买一个喷香滚烫的芝麻酱大烧饼的年代，也有幸租房住在一位清代末年做尚书高官的大院子中，那杂草丛生、老树参天的大花园中，是昆虫的世界，也是我的乐园。

雨后我爱看长满青苔的墙基上爬行的小小的蜗牛，背着它那小而精巧的小屋——带有螺旋花纹的壳，伸着两个小小的角，慢慢爬行着，不知它从何而来，也不知它为什么爬，爬向何处而去，只觉得它好玩，把它拿下来，放在手掌心中，它把角缩回去了；用两个手指捏着它那小壳，两个小角还向外伸着，用手拨弄一下，软软的，便回缩一下，它一点声音也没有，只是安静地生活，安静地爬，在秋冬之际，偶然在墙角，看到还有粘着的蜗牛壳，可是拿下一看，是空的，其肉体不知在什么时候已经死去了，消失了。

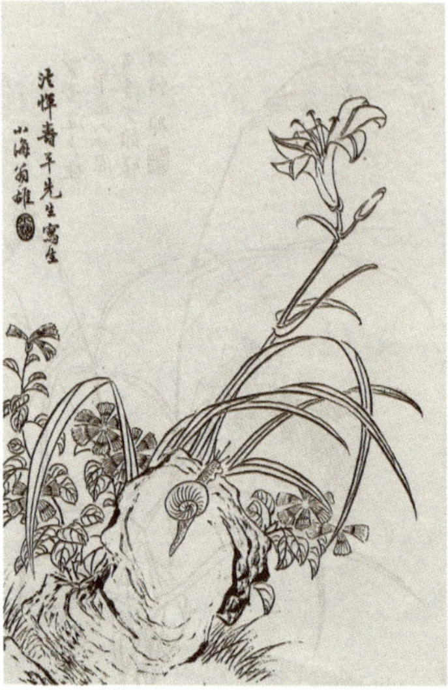

◥《翁小海草虫》之一
（《沧江虹月》）

动物学中讲蜗牛：软体动物腹足类，螺壳质脆薄、体柔软，头有触角，长短各一对，长触角顶端有眼，口在头部下面，内有舌，舌上具细齿无数，名为曲舌，躯干之一侧有小孔一，内达肺脏，通呼吸，腹有扁平之脚，栖于陆上匐行时，必分泌黏液，以便体之移动，又必先伸出触角眼，侦察四周而后行动。冬间伏树下叶间冬眠。雌雄同体。自然万物，其构成真是神秘，小小的蜗牛，全体却这样复杂，能不使人惊叹！但手头资料，对其繁殖，却没有说明，我也不知这小小蜗牛如何传种接代，生育子孙。

为住房发愁的人，羡慕每个蜗牛都有一个壳，一牛一间，用不着住上下铺，比人强多了。穷人欣喜自己有个住处，便以“蜗居”称之，或称“蜗舍”。《古今注》考据说：“蜗牛，陵螺也。……野人结圆舍如蜗牛，故曰蜗舍。”看来这原本也非谦虚之辞。在介绍非洲的刊物和电视上，看到非洲那种土人住的圆顶泥草屋，如垂直看，不也正是“蜗舍”吗？我不知非洲人如何叫法。我想或许我国最古也曾出现过这种房舍。《庄子》中有“蜗角”的故事。他说有个国家在蜗牛左角上，叫“触氏”；有个在右角上，叫“蛮氏”，两国为了争夺地盘，不停地在打仗。为了这个故事，词人们感慨多端，还留下了“蜗角虚名，蝇头微利……”的名句。把可爱的小虫扯到纷纭的人世上，太煞风景了。始作俑者，便是庄周，他只顾了自己的神奇想象、辛辣讽刺，全不管这小小的昆虫多么弱小善良可爱。还是北京儿歌唱得好：

水牛儿，水牛儿——先出觭角后出头儿呋；你爹、你妈，给你买烧羊肉吃呋……

这才是蜗牛的赞歌呢！

北京没有水牛，蜗牛叫“水牛儿”，写出来字一样，但读音“牛”读成“小妞儿”的声音。外国人读中国书，如不了解深一些，就容易出现错误。蜗牛对儿童说来是可爱的，但对大人说，却不大注意。因而文学作品中，写蜗牛的名篇似乎不多。小时家中有樊樊山写的一个扇面，写的是宋人陈后山的诗。中间一联道：“坏墙着雨蜗成字，古寺无僧燕作家。”这诗我记得很熟，但始终感到它不是好诗，远没有天籁体的

“先出犄角后出头儿”好听。儿歌不也是诗吗？

另外，也不妨再抄一首专门咏蜗牛的诗。作者是大名鼎鼎的曹雪芹的先人曹寅，他有五首咏虫诗，其中一首《蜗牛》道：

亦知生事拙，独负一廛游。
螺女不相妒，哀骀无外求。
藓花崖石古，瓜蔓井渠秋。
大笑沧溟外，青红漫结楼。

诗虽不是好诗，但也备蜗牛诗之一格了。遗憾的是，他把蜗牛这样善良好玩的小虫和苍蝇、蚊子等并列，未免对不起蜗牛了。

萤火虫

自从四十多年前离开苏园，搬到宿舍房子中，后来又来上海，长期住在宿舍楼房中，已经多少年没有见过萤火虫了。苏园旧事那真是飘零的梦境，记得每当夏夜乘凉时，四周那黑黝黝的杂草丛中，飘浮着那闪着耀眼绿光的萤火虫，是那样神秘而轻盈，忽然而来，又忽然而去。

萤火虫是北京叫萤的俗名，它飞得很轻很慢，飘忽不定，容易捉到，随手一捞，它便进入你的手掌心了。古人有囊萤读书的故事，说是捉了不少萤火虫，放在纱囊中，照着读书。这个想来很美丽的故事，说说容易，做起来却很难，而且现在用惯电灯的人，更难想象，所以鲁迅对此故事曾说过很风趣的讽刺话。其实这故事在古代或者是可能的，因为古代的书字很大，没有现在那种五号、六号铅字的小字，晚间稍有亮光，便能照读。所谓囊萤，大概捉个十七八个萤火虫放在小囊中，便如一盏小油灯盏了。“青灯如豆忆儿时”，小油灯本来也只是晶莹如豆的一点小青光，比几个萤火虫的光亮不了多少，所以有这样的故事。

据动物学介绍，萤属昆虫类鞘翅科，尾端暗黄，有发光器。其发光器由多数细胞组成，细胞内有可燃物，遇支气管输入之氧即发光。产卵在水滨草根，卵微现磷光。幼虫蛹秋冬伏土中，春夏之季飞出。我国一直有萤是草根所化的说法，李商隐诗“于今腐草无萤火”，就是说隋炀帝下江都，沿途让老百姓捉萤火虫，运河两岸的萤被捉断种了，到了唐代，这里烂草中萤火虫也没有了。只见草根，未见萤卵，便一直以为是腐草所化，诗人也形诸吟咏了。

屈大均《广东新语》记云：“萤之类初如蛹，腹下有火。数日能飞者，茅根所化，为萤……身有火，色杂红绿，以手触之成粉，粉所着处生光，逾时不灭。其光生于咸，咸故作火光也。萤亦湿热所化，腐草与阳气相蒸，故生焉。”所记虽没有现代动物、昆虫书籍科学细致，但大体也还是接近的。总之，它是与草有关系的，与湿热有关系的，与夏夜有关系的，白天又哪里能看到萤火虫呢？想来白天它也是在飞行的吧，只是人们看不见罢了。

萤火虫是益虫，《花镜》一书中写得很好，文云：“萤，一名景天，一名熠耀，又名夜光，多腐草所化。初生如蛹，似蚊而脚短。翼厚，腹下有亮光，日暗夜明，群飞天半，犹若小星。生池塘边者曰水萤，喜食蚊虫。[好事者] 每捉一二十，置之小纱囊内，夜可代火，照耀读书，名曰宵烛。小儿多以此为戏。园中若有腐草，自能生之不绝，不烦主人 [之] 力也。昔车武子家贫，夜读书无灯，以练囊盛萤照读。一种水萤，多居水中，故唐李卿有《水萤赋》。又，隋炀帝夜游，放萤火数斛，光明似月，亦好嬉之过也。”

李商隐诗“于今腐草无萤火，终古垂杨有暮鸦”，说的就是隋炀帝的故事。可惜他生活在一千多年以前，美国人爱迪生没有给他发明电灯，他只能让老百姓给他捉数斛萤火虫。一斛是五斗，那数斛该有多少千万萤火虫呢。

萤火虫飘忽的时候，正是炎暑初退，新凉似水的夏末初秋之夜，因而“银烛秋光冷画屏，轻罗小扇扑流萤。天街夜色凉如水，卧看牵牛织女星”成为千古绝唱。虽然重在结句，卧看双星，凡离合悲欢之迹，不着毫端，而“流萤”却也起了极重要的作用。

所说《水萤赋》，在萤为主题的文学作品中，并非极著名者。而大名鼎鼎的初唐四杰之一骆宾王也写过一篇《萤赋》，更为著名。他将萤火虫比作人，盛赞其美德和处世之道。赞美德云：

每寒潜而暑至，若知来而藏往。
既发挥以外融，亦含光而内朗。

赞处世随处流露光彩，不为环境所拘云：

逝将归而未返，忽欲去而中留。

入槐榆而焰发，若改燧而环周。

绕堂皇而影遍，疑秉烛以嬉游。

他称赞萤火虫“光不周物，明足自资”，“处幽不昧，居照斯晦”，正象征了人生有自知之明，不会因黑暗而迷失方向，在可能范围内，也可冲破一点黑暗。但在光明到来之时，则不妨韬光自晦了。

小题目，大文章，说得都很有意思，可惜他最后因反对武则天，被迫亡命，不知所终了。

蝉与蛙声

以鸟鸣春，以虫鸣秋，所说秋，实际上也只是夏末初秋，直到中秋，才是最活跃、最动听的时候。依次序是蛙声、知了声、蟋蟀声……“黄梅时节家家雨，青草池塘处处蛙。”在江南一般过了端午节，不久即进入梅雨季，便可听到蛙唱了。不过叫得最欢的，也还要到暑天雨后，满天星斗夜幕下的池塘边，一般马路上是听不大到的。而蝉则不同，高大的街树法国梧桐叶底，也有蝉声。但常为嘈杂的市声所掩，纵然听见，也无情趣。这就使我回忆童年了，蝉也是萦绕着童年之梦的，它是以嘹亮的鸣声伴随着人们的梦境。

陈淏子《花镜》中说：“鸣蝉，一名寒螀，夏曰螗蛄，秋曰蜩。又，楚谓之蜩，宋、卫谓之螗，陈、郑谓之蜋蜩，又名腹育。雌者谓之匹，不善鸣。”一个小小的虫儿，却有这么许多名称，多么有趣。如哪位语言学家，把世界上几十种甚至上百种蝉的名称读音，用录音机录下来，做盘录音带再放出来，那千奇百怪的叫法，听来不是洋洋大观吗？这肯定能成为世界之最，可惜迄今尚无人这样去做。

屈大均《广东新语》中有记蝉一则写得很是生动，文云：

> 罗浮东峰下有石洞，洞中枫树千万株，常有蜩蝉数百种，数里间鸣则齐鸣，止则齐止，无一参差断续者。又有异鸟和之，声若木鱼以为节。黄冠云："昔白玉蟾真人于冲虚观制《云璈》八曲，有客，常命道童奏之，玄鹤唳空，山鸟相应。今乐器零落矣，听此蝉声，犹仿佛《云璈》音节也。"

将蝉鸣比之于道家仙乐，可见其动听了。而所说

蝉
（《毛诗品物图考》）

“鸣则齐鸣，止则齐止”两语，极为传神，正是从生活观察中所体验的。记得过去夏天在北京中山公园来今雨轩茶座上听蝉是最好的。在烈日炎炎的下午两点钟，在那里找个茶座，往大藤椅上一靠，眯起眼来，你就听吧，其时日影炎炎，槐影斑斑，不闻私语，但听蝉声，吵——吵——一股劲地向你袭来，音波像海潮，似乎要把你浮动起来。而夏日阴晴不定，突然黑云卷来，飙风骤起，霹雳闪电，大雨倾盆……可是不大一会，雨止云散，斜照映满老槐树上的绿叶水珠，晶莹欲滴，一角断虹，弯在端门金黄琉璃瓦檐角上的蓝天上，这时，突然所有知了又齐声歌唱了。说停就停，说唱就唱，那样整齐，真不知谁在那里指挥。

据说蝉有五德，即饥吸晨风，廉也；渴饮朝露，清也；应时长鸣，信也；不为雀啄，智也；首垂玄绥，礼也。而动物学中说蝉是以树汁为食的。不过生命期很短，只有二三星期，而卵在泥土中孵化幼虫、成长为成虫的期限却很长。

蝉名蜩，《庄子》有“伛偻承蜩”的故事，《花镜》中也记道：“取者以胶竿首承焉，则惊飞可得。小儿多称马蜟，取为戏。以小笼盛之，挂于风檐或树杪，使之朗吟高噪，庶不寂寞园林也。”《庄子》的故事和《花镜》的记载都很妙，中间隔着两千年，而一脉相承，儿童仍旧用古老的办法捕捉这个善于鸣叫的虫儿。还有更妙的呢，就是昨天的小孩、今天的小孩仍旧弄根长竹竿，用这古老的办法捕捉它，这多么有趣呢。千百年来，人间万事，不知发生过多少你死我活的变化，胜利的有权者自谓改变了一切，而孩子们却仍旧用两千多年前庄周所见的办法捉知了，这种风俗中的小事，不是也很发人深思吗？

“知了知春了”，这是一句很巧妙的试帖诗，陈淏子罗列的蝉的别名中，却未将“知了”写进去。其实现在“知了”是蝉最通俗的叫法。“知了”正写作“蜘蟟”，北京当年树多，童年所住京中房屋，后面都是树，年年暑假，下午午梦初回，听着海潮般的蝉鸣，望着大方格糊着冷布的窗棂，外面那浓绿的槐影，高爽的蓝天……这是特有的境界。

◤ 青蛙
（《齐白石画集》）

在尚书故宅的荒园中，到了夏夜，则又是一番境界了。这里没有池塘，但在暴雨过后，有了积水，那入夜后的蛙声也是十分噪耳的。入夜听着蛙声入梦，或乘凉时，听着四周黑黝黝的草丛中的蛙声，都是很有情趣的。古人说一池蛙唱，抵得上半部鼓吹，这话是从生活中感受到的。而我的感觉中，蛙声似乎比鼓吹更自然些，更富于天籁的美。北京人把蛙鼓叫作“蛤蟆嘈坑”，是带有贬义的语言。而在我的记忆中，这个“嘈”字似乎重一些，因为蛙声虽然很响，但也并不嘈杂讨厌，原是很美的。“黄梅时节家家雨，青草池塘处处蛙”，这是诗人所赞赏的江南的蛙声。在北京这样的境界要推到六月末、七月初。总之蛙声是很美的，不但抵得上鼓吹，而且胜过鼓吹，在一派蛙鼓声中，你能很舒适地恬然入梦，在大锣大鼓声中，或在震耳欲聋的迪斯科强烈节奏中，你能很舒适地入梦吗？自然不能，因此，诗人们赞美蛙声了。

知了之趣，在于夏日炎炎，高柳古槐，纱窗竹枕，午梦初回；蛙鼓之趣，在于夜雨初过，新月窥人，凉意催梦，暑气乍解，一觉黑甜。总之，这都是田野百姓的趣味。如在权利富贵场中，就不同了。“西陆蝉声唱，南冠客思深。”误入势利场中的书生，一朝入狱，一样蝉唱，感受就不同了。晋惠帝听到蛙声，问大臣：“为公乎？为私乎？”这样高深的问题，谁又能答复得上呢？

苍蝇（之一）

半个多世纪前的著名小品文半月刊《人间世》的征文启事，说“宇宙之大，苍蝇之微”，都是写文章的好题目，当时撰写小品文的知堂老人（按，即周作人）是此刊物的主要作者，他的照片曾刊在创刊号上。说是“老人”，其实还只是中年，正是发表《五十自寿诗》的年代。到了真正老人的时代，却又历尽沧桑，凄凉地死去了。“宇宙之大，苍蝇之微”，从个人的短暂而又似乎漫长的一生看，则又统统归于无有了。四十年前，他曾写过一篇《苍蝇之微》的小文，对以上二语表示看法道：“……不过由我看来，宇宙好讲，苍蝇却实在不容易谈。因为［如］老百姓所说寥天八只脚的讲起来，宇宙大矣远矣，我们凡人那里知道得许多，当然是莫赞一辞，任他去讲好了。若是苍蝇呢，谁都看见过，你有意见要说，他也会有意见，各说各的。所以谈宇宙般的大事没有什么问题，说到苍蝇之微，往往要打起架来，这也实在是无可如何的事。而且苍蝇虽微，岂是容易知道之物，我们固然每年看见他，所知道可不是还只是他的尊姓大名而已么。……不到人民生活提高，居处清洁，田野整理，人肥兽肥适宜处置，苍蝇感觉有点不适生存的时候，关于苍蝇所说的症结［始终］还只是废话，于事实丝毫无补的。”

这一段文章，除“宇宙”“苍蝇”而外，倒也说了一句实话，就是“废话”。因为文人的文章，不管“大品”也好，“小品”也好，老实来说，都是“于事实丝毫无补的”。因为这既不是政治纲领、军事命令，也不是航天飞机设计书、太空望远镜，等等，因而谈宇宙也好，说苍蝇也好，实际都是“管丈母娘叫大嫂子，没有话找话”的废话而已。让文人的文章有补于事实，

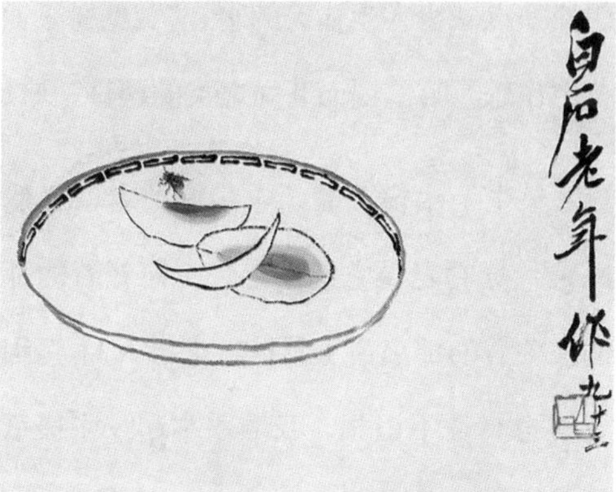

◤ 咸鸭蛋
齐白石会

则岂非痴人说梦乎？而“于事实丝毫无补”的话不说，那岂不又断了文人的文路！因此“宇宙之大，苍蝇之微”的话，纵然是“废”，也还是可以说说的，这倒不一定“变废为宝”。

在我想来，苍蝇毕竟比宇宙好谈些，我是天生凡人，缺乏谈神奇的功能，什么宇宙天体，太远太缥缈了，比较爱谈的，还是生活中的一些琐事。在积极方面，爱谈一点生活中有情趣的事；在消极方面，想谈一点减少人生痛苦的事，“黄檗树下面弹弦子——苦中作乐”嘛。因而苍蝇之类的题目，原是最好的。

早上一扇窗开着，一扇窗关着，忽然飞进一个苍蝇来，赶它走，它偏不走。不向开着的那扇窗飞，却偏在关着的那扇窗上乱撞，上海人叫“不识相”，这个苍蝇也真是不识相，我顺手拿起一张废纸，在玻璃上轻轻一按，它便粉身碎骨了。这是生活中极小的事，但物我之间，却也有着杀机。从人来讲，消灭一只苍蝇，是讲求卫生、消灭害虫的应有行动，也是夏日生活的一点情趣吧。而从苍蝇立场讲，却招来杀身之祸。如从佛家戒杀生的戒律讲，那是大相违背的。因而真的佛法，我也无法相信，至于假佛法，随便进庙随喜随喜，那又是生活中添情趣的事，亦无不可也。

一个朋友，到天台山去游览，住在和尚庙里，四周高山飞瀑，古木山花，风景绝佳，而到吃饭的时候，端上饭来，放在桌上，饭却是黑的，开始愕然，继而一碰，鸣声嗡然，都飞走了，原来上面全是苍蝇。问和尚，这样苍蝇全叮过的饭，还能吃吗？和尚说：“这是饭苍蝇，又不脏，为什么不能吃？”这位朋友便吃了，住了好多天，天天吃这样的饭，果然没有事，可见和尚的话是对的。这个和尚的话说得还不够有趣，据说过去有个和尚说：“那不要紧，你吃的时候它会飞走的。”这就更妙了。不过也不一定，万一遇到一两个“不识相”的，不往别处飞，却往你嘴巴里飞，这在乡下的生活中，不但不是没有，而且也是常遇到的事。

外国自然也是有苍蝇的，最常见是电视上映出非洲灾区灾民的镜头，母亲抱着骨瘦如柴的孩子，镜头推近，孩子脸部的特写出来，大大的眼睛，小脸上爬着许多苍蝇，看那小孩却也没有什么反应，大概是习惯了。苍蝇和贫乏、肮脏、腐烂、炎热等是结了不解缘的。在富有而干净、十分讲卫生的地方，苍蝇是极少见的。两年前六月间在新加坡住了二十多天，住处、街道、公共场所，都没见到苍蝇，只有一次，逛完圣淘沙，在下面轮渡码头的大厅里坐着等船，这个候船大厅，四周没有门窗，在各个柱子四周放着白色长椅，供人休息候船，我在那里向四周观赏着，忽然一只苍蝇飞来，停在我衣服上，我一挥手，它又飞走了。忽然而来，飘然而去，这是我在新加坡见到的唯一的异国苍蝇。不过我住的时间不长，想来其他地方可能还有吧。

苍蝇（之二）

苍蝇是非常令人讨厌的东西。宋欧阳修写过一篇著名的《憎苍蝇赋》，警句云："寻头扑面，入袖穿裳；或集眉端，或沿眼眶。……引类呼朋，摇头鼓翅……"真是讨厌之极！

但在高山上，即使不十分富有但很干净的地方，也同样没有苍蝇。我在黄山太平湖深处的山村里，绿树丛中的人家，都是黄泥墙，门窗洞开，无帘幕，也无窗纱，但十分清洁，没有苍蝇，当时只感到这里很宜人，却未想到为什么没有苍蝇，看明遗民屈大均《广东新语》"蝇树"一则，才明白这个道理，这则笔记也很有趣，不妨引在下面。文云：

西樵多种茶，茶畦有蝇树，叶细如豆，叶落畦上，则茶不生蠓，旱则蝇树降水以滋茶，潦则蝇树升水以熯茶，故茶恒无旱潦之患。又夏秋时，蝇皆集于蝇树，不集茶，故茶不生蠓而味芳好。盖蝇树者，茶之所赖以为洁者也。已受蝇污，而以洁与茶，为德于茶者也。然山下茶畦种之，山上则否，以山上云雾多，不生蝇也。

“以山上云雾多，不生蝇”，读了这段笔记，我才想到黄山山村中没有苍蝇的道理，也想名茶“黄山云雾”之清香。逐臭如苍蝇者，自是不沾云雾茶的。同时我也联想到逛天台山、住在庙中吃“苍蝇饭”的朋友，大概那个庙是在山下，如在山之高处，云雾迷蒙中，大概也就没有“苍蝇饭”或者“饭苍蝇”可吃了。

晚唐段成式的《酉阳杂俎》是一部名著，国际上汉学家美国劳费尔、英国李约瑟都很重视这部书，有一则记苍蝇的文字也很有趣，文云：

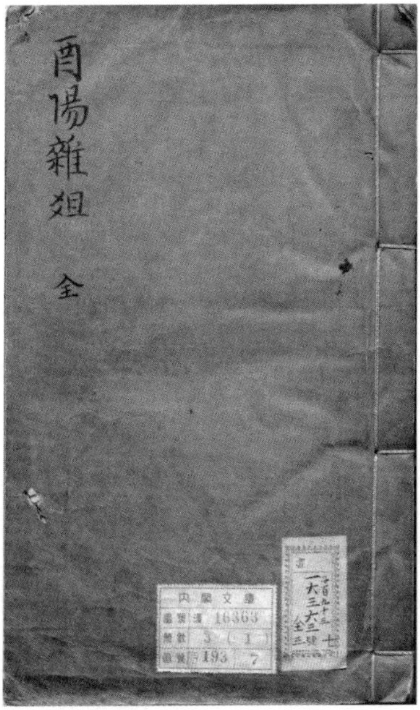

隙可尋也其形似蜘蛛如墻角亂綱中者爾雅謂之王蛈
蝪鬼谷子謂之蛈母秦中兒童戲曰顛當顛當牢
守門蟰蛸冠汝無處奔
蠅長安秋多蠅成式蠹書後曰讀百家五卷頗爲所
擾觸睫隱字歐不能已偶拂殺一焉細視之翼甚
似蜩冠甚似蜂性察於腐嗜於酒肉按理首翼其
類有蒼者聲雄壯負金者聲清聒其聲在翼也青
者能敗物巨者首如火或曰大麻蠅茅根所化也
壁魚補闕張周封言嘗見壁上白瓜子化爲白魚因

◤《酉阳杂俎》书影（明万历时期新都汪士贤校刊本）

长安秋多蝇，成式尝日读《百家》五卷，颇为所扰，触睫隐字，驱不能已。偶拂杀一焉，细视之，翼甚似蜩，冠甚似蜂。性察于腐，嗜于酒肉。按理首翼，其类有苍者声雄壮，负金者声清聒，其声在翼也。青者能败物，巨者首如火。或曰大麻蝇，茅根所化也。

这段写得很传神的文字，有过苍蝇困扰经验的人，都有体会。记得年轻时，有一年夏天到乡间亲戚家去住了一些天，晚间没有蚊子，睡得很好，而早上每天都是被苍蝇舔眼部所惊醒，不知为什么，苍蝇总爱在睡觉的人的眼上乱爬，可能是吃人的泪水、眼屎吧。苍蝇、蚊子有一个明显的大差别，就是蚊子怕光明，爱黑暗，这一点同臭虫、蟑螂一样。而苍蝇则怕黑暗，爱光明，在乡间睡觉，天一大亮，太阳升起，苍蝇也来侵扰了。实际也到了该起床的时候了。

段成式不努力灭蝇，只是顺手捉到一只，才仔细观察了蝇的形状。而对苍蝇、青蝇、金蝇等的声音却区分的很细致。这和陆佃《埤雅》所说“青蝇乱色，苍蝇乱声”，以及陆佃注释《说文》“蝇”字时所说的“蝇交其前足，有绞绳之状”，等等，都是古人对苍蝇形体、动作、声音的具体观察记录，比之现代科学的观察和研究，那自然是原始得很。但在千多年之前，那自然还是有心人的记录。有些具有一知半解现代科学知识的“名人”，写文章时动不动就笑古人的“无知”，骂死人以抬高自己，轻薄成性，殊不足道。而这些名人，也名不长久，转瞬之间，亦为历史弃之如敝屣了。

现代科学知识告诉人，各种蝇类，是传染疾病的最大媒介，不管哪一种蝇，那些尊腿，在显微镜下面，全是毛，会吓人一跳，到处飞集于腐烂污秽的地方，腿上沾满了各种细菌，又飞到别处，将细菌也带到各处，扩散病菌，传染疾病。为此人类必须消灭蝇类，但是它们的繁殖力也太快了，天赋它们的飞的本领和嗅觉及其他官能都很敏感，而人消灭苍蝇的本领又十分有限，因而时至今日，人们还不能彻底消灭苍蝇。

近六十年前，杭州人袁良做当时北平市市长，要整顿古城，改善卫生状况。宣传灭蝇，而且放出风来，拍灭多少苍蝇，拿着一定数量的死苍蝇到市政府，可以给钱，一块银圆多少只，记不清了。总之很有吸引力，于是许多人都各处找着拍苍蝇，大概最早拿死苍蝇到市府去的，确是领到一些钱。而后来再拿去的，就打官腔说没有那回事了。但是各处拍苍蝇的人，一时并不知此，还在各处寻找苍蝇，找着拍，赶着拍……于是苍蝇无生路矣。这样当时文化古城的苍蝇顿时消灭了不少……达到了灭蝇的目的。记得抗战前，家住在北平西城皇城根，不要说房间里收拾干净没有苍蝇，就是在外面公厕中也很少见到苍蝇，当时古城中，除去春天刮大黄风而外，夏秋之间，都是很干净的，没有蚊子，也没有苍蝇。

解放后，五十年代中期，曾经搞过“除四害”运动，开大卡车出去，敲锣打鼓，登低爬高，捉两个麻雀回来，那是一场服从命令听指挥的滑稽戏，不必多说它，只是现在回想，仍会哑然失笑而已。而其中消灭苍蝇，大家也的确认真去做过，十分见效。有几年在上海苍蝇的确明显地减少了。这又是成绩的一面，本应十分重视，坚持下去，可惜后来对此似乎又不大注意了。直到今天，很好的住宅小区中，而天气一热，却又有大苍蝇乱飞起来了。看来还要号召一下群众大力灭蝇才好。

在文献中关于蝇类的故事和成语是很多的，在此不必多说了，只希望苍蝇消灭的越彻底越好！

虱子（之一）

有幸游了一趟天目山，归来路过杭州，居然有幸住在华丽的望湖宾馆中——自然是公费的，晚饭时，在餐厅中遇到一些金发碧眼的外国人，饭罢，回到房中，便在考究的浴室中，洗了一个澡，以解除游山的疲劳。躺在浴缸中，热水暖洋洋的，浑身舒畅，不由地有点迷糊，似乎也真是住高级宾馆的新潮式人物了。但猛一想到《草木虫鱼》约稿未缴的事，便马上由飘飘然的状态清醒过来，回到现实生活中——自然，只这一点，就比不上阿Q先生，因为飘的还不够。

想到《草木虫鱼》欠稿，人则仍然躺在那考究的浴缸的热水中，摸摸自己臂膀的皮肤，不知怎么，忽然想到虱子。虱子——不也是虫的一种。因而我这种胡思乱想，也还是有思维轨迹可寻的。即由宾馆之高级，想到价格之昂贵；由价格之昂贵，想到自己花钱住不起；由自己花钱住不起，想到那些外国人却自己花钱住得起；住得起这样的旅馆，天天可洗热水澡。十分干净，便不大会长虱子……这样一系列的思维，是逻辑很强的，自非漫无边际的胡思乱想。

高级宾馆——外国人——虱子，这三者联想在一起，也许对高贵的外宾们有些不敬。其实也是事出有因的。因为我想起一桩我所经历的美国人和虱子的故事，且听我慢慢说来。

四十五年前，也就是抗日战争胜利不久，那时我正在北京读书，住在北大沙滩红楼后面天字楼二楼一个小房间中，当时这是北京各大学中最好的宿舍，是三十年代蒋梦麟掌校时为毕业生造的，每人住一小间，大一些的九平方，小一些的六平方，每层楼一个盥洗室，可入厕、洗脸、洗澡，分“天地玄黄，宇宙洪荒”八个楼，远望如海轮上的客舱。这时重庆的抗战人士

▼ 北大红楼

▼ 北大灰楼

尚未飞来，而美国的陆战队已来到北京。当时在校的学生不多，有些同学也很活跃，有人约了美国兵来举行篮球友谊赛，因为篮球场就在天字楼前，而我的房间就在楼梯口，因此同学们就和我商量，用我的房间作为美军篮球队员的更衣室。我在外面等着看球，也没有注意他们换衣的情况，等到看完球，他们又穿好衣服，大家热闹地把他们送走后，我回到房间，刚要躺在铺上休息一下，忽然大吃一惊——啊，只见床单上爬着许多小虫，仔细一看，原来都是虱子，而且都是红色的。我看惯中国黑色虱子，看到这些美利坚合众国的红色大虱子，不免大吃一惊，怎么办呢？赶紧把床单、枕套弄到操场去抖干净，然后又浸在盆中准备去洗……为了这美国籍的虱子，忙得我不亦乐乎。为此留下极深刻的印象，常常对人说起。后来昆明西南联大的同学回来，有几个熟同学，都是给美军做过随军翻译的，同美国大兵都很熟，他们听我说起此事，都哈哈大笑，笑我孤陋寡闻，少见多怪。这样自他们的口中，使我对美国虱子又有了新的认识。觉得中国人长虱子，美国人也长虱子，只不过他们的虱子是红色的，大一些罢了。

四十五年流水般地过去了，有幸在西子湖畔望湖宾馆住了一夜，在餐厅中遇到一些外国人，其中有几个是美国人，因而我回房躺在浴缸中胡思乱想，由《草木虫鱼》想到美国人的虱子，想起了以上这段旧事，不免有些感慨，不知道现在美国虱子怎么了？住在望湖宾馆那几位美国人，是否身上也长虱子呢？著名电影《红高粱》，在美国得了很著名的金像奖（按，作者记忆有误，该片未在美国获奖），其中就有一个十分精彩的从破棉裤裤裆里摸虱子，然后随手扔在口中用牙齿狠咬的镜头，看不懂的人以为是吃瓜子，其实这倒是符合“以眼还眼，以牙还牙”的战斗精神的。难为导演能设计出这样的镜头，真可以说是神来之笔，其所以能得金像奖，大概这也是一个重要的因素，因为美国人对虱子是并不陌生的。

“新剃头，打三光，不长虱子不长疮！”小时候，每剃完头，总要被爱抚弄我的长辈们拍打几下。而随口说的这儿歌似的谚语，就特别提到虱子，也并不觉得多么难听，甚至还有一点亲切之感。因为它的确是寄生在人体上的，靠吃人的血而生存，受到《红高粱》电影中人物以牙还牙的切齿报复，原也是应该的，只是似乎还没有臭虫那样的臭味，和蚊子那样的在咬人之前乱哼哼……这样也还有可取处，可以长在洋人身上了。但那鲜红的“洋虱子”到底是可怕的，现在我印象还很深刻。

虱子（之二）

《晋书》记载王猛见桓温，“谈当世之事，扪虱而言，旁若无人”，是十分有名的故事。桓温是大野心家，官也大，有名的“男子不能流芳百世，亦当遗臭万年”，便是他的名言，说得十分坦率。王猛当时是隐居华山的穷汉，桓温以大将军带兵由江东北上打苻坚，王猛来见，纵谈时局大事。那时还没有空调房间和高级浴室，华山穷汉身上长虱子是在想象之中的，一边摸虱子抓痒痒，一边谈，是一种谈话入神、议论风生、大家不拘形迹的境界，原是很理想的谈话形式。有过这样经验的人想来不少，我本人就有过这种感受。在四十多年前，大学刚毕业，找不到饭碗，与一个同学流浪到大同古城去混饭吃，住同一房间，睡着热炕，地上又烧着大炉子，晚间室外零下二十度，室内却可达到零上二十五度，可以打赤膊擦洗身体，然后坐在炕上赤膊翻过内衣来一边捉虱子，一边穷聊，听着外面呼呼的西北风声，有浑然与世相忘的感觉。想当年王猛与桓温扪虱而谈的豪情也不过如此。而桓温和王猛二人不亢不卑的坦率气度，则远远超过刘邦洗着脚接见高阳酒徒郦生的那种无礼状态。由此又想到宋神宗与王安石谈论朝政时，安石的须上有虱子在蠕动。神宗顾之而笑，安石却行若无事。这中间虱子都是重要的媒介，如把“扪虱”换成为举着香槟，那就只剩虚伪的应酬，又哪里能显示胸襟和风度呢？

“浊酒以《汉书》下之，清谈如晋人足矣。”“一种风流吾最爱，南朝人物晚唐诗。”两晋人物的风流，常是让千秋而下的人们艳称不置的。而虱子也便成了重要组成角色。《晋书·阮籍传》中有论虱名言：

独不见群虱之处裈中，逃乎深缝，匿乎坏絮，自以为吉宅也。行不敢离缝际，动不敢出裈裆，自以为得绳墨也。然炎丘火流，焦邑灭都，群虱处于裈中而不能出也。君子之处域内，何异夫虱之处裈中乎？

阮籍是“竹林七贤”的大名人，这段论虱名言，千古传诵，迄今仍有其值得思维的意义。当然，不懂虱子，没有长过虱子经验的人是很难理解这“处裈中，逃乎深缝，匿乎坏絮”的道理的，也不懂欣赏“行不敢离缝际，动不敢出裈裆”的妙喻。不长虱子固然很卫生，但却不能理解阮籍的妙文，这也不能不说是一个遗憾。

◤ 阮籍像

虱子从自然科学来讲，

它是分好多种的。有衣虱、头虱、毛虱、牛虱、狗虱等种类。除牛虱、狗虱寄生在牛、狗身上，吸牛、狗血以生存外，其他衣虱、头虱、毛虱则都是人体上的寄生虫，专门靠吸人血而生存。汉乐府《孤儿行》中“头多虮虱，面目多尘土”中所说虮虱，就是头虱，专门寄生在又脏又长又乱的头发中。古人留满头长发，清代人留一半长发梳辫子，不常洗篦，也都容易长虱子。至于毛虱，那是专生在男女头发而外的多毛地带。而最常见的则是衣虱，寄生在内衣各种缝缝中，爬出来咬人的身体，把人血吸饱之后，又躺在舒适的衣缝中去睡大觉，自然是很舒服，但被它吸血的人却并不舒服，遇到《红高粱》电影中的那种人，顺手一捞，一下捉住，扔入口中，以牙还牙，那便一命呜呼了。不过，这也要靠技术，不然，脱下衣裳翻都找不到。自然到了虱子多了不咬、账多了不愁的境界，那也就人虱之间相安无事了。反正人身上总是有血，只要一口气在，虱子是吸不干血的。

据书上记载，衣虱体为长椭圆形，长约一点五毫米，略被短毛，色灰白，头小，吻能伸缩，腹大而有节，吸血后，呈黑红色，常潜藏衣缝间，繁殖力甚强，一雌产卵约六七十。白色小粒，密洒衣缝间，名虮。《说文》“虮”字下注“虱子也”。段玉裁注云：“虱，啮人虫也。子，其卵也。”此虫为伤寒等热病之传染媒介。

虱子毕竟是小虫，如果把它的尊容放大，那是令人有相当恐怖感的。但它吸人的血，总是与人为害的。古人有“虱官”的说法，以“虱”喻官，未免对某些官有些不敬，但亦可以引以为戒。

《淮南子·说林训》中说：“汤沐具而虮虱相吊。”古人也懂得这个道理，只有讲求卫生，经常洗头、洗澡，虱子自然就没有了。没有虱子是值得庆幸的。《红高粱》电影虽然忽作神来之笔，拍摄了裤裆里摸虱子的镜头，并且得了十分露脸的世界大奖，但愿这毕竟是历史而非现实。如果现实中还存在从裤裆中摸虱子的人和事，但愿也应该有所改变。懂得并有力量讲讲卫生，不要再长虱子。虽然说我当年看见过美国大兵的大红虱子，但也不愿意再看见……在高级宾馆忽然想到虱子，似乎很不协调。但忽然想到了，思绪也不能停止，便拉杂写出，聊当《草木虫鱼》之一篇，就此打住吧。

龟　寿

“女儿悲，嫁了个丈夫是乌龟。”快人快语，薛蟠体的诗，以法眼观之，远较其他人扭扭捏捏无病呻吟好得多；只是以法眼阅世的人太少，而以世眼阅世的人太多，所以薛大爷做不了诗人，处处被宝二爷所笑了。

二百多年前的人以乌龟骂人，今天的泼妇骂街，也还常用这一词语，“死乌龟”“活乌龟”“半死不活的乌龟”，似乎上海滩特别时兴这句话，骂起来也像“大珠小珠落玉盘”一样，哔哔剥剥一大串，其实骂的人也许对龟儿并不十分了解。

乌龟不幸，不知何时蒙上了恶名。有人说是因明代贱人都戴绿帽子以资识别的关系，也有人说因为乌龟常常把头缩入壳中的关系，而陶宗仪《辍耕录》就有“宅眷皆为撑目兔，舍人总作缩头龟”的诗。可见乌龟自元、明、清以来就蒙上很不好的名声，迄今仍未予以澄清视听，进行平反，是很不公平的。

从动物学上讲，龟也是虫类，是爬虫类。能游泳，又能行陆，而且耐得住饥渴，不吃不渴全没有关系，“千年王八万年龟”，照样可以活得长寿。再则它也有个硬壳，一天到晚背着壳行走，不愁日晒雨淋，也等于随身带着房子，而且大小都有，不用为分房子而发愁。而且力大无穷，有人把四个小乌龟垫在床脚下，睡上几年，毫无问题，这也是很难思议的。至于驮石碑，那更是乌龟的专业了。

耐得了饥，负得了重，受得了气，而且又长寿……种种生理本能上的优点，都是其他动物无法比拟的。因而人们虽然给它蒙以不光彩的恶名，而另一方面也十分赞赏它。比如“龟兔竞走”的故事，就是使乌龟十分露脸的。乌龟以自己的努力，坚持不懈，最后获得了胜利，自是十分光荣。不少人小时学算术，都计算过龟兔竞走的题目。连孩子们对它都很感兴趣，完全是善意的赞美。并没有因它另一种声名而鄙视它，这还是比较公平的。

再说乌龟的恶名，似乎也还是因以男子为中心的封建思想所形成的。在男女关系上并不是对等的，女人不贞，男人受到嘲笑，是嘲笑他失去所有权，缩头受气，是把女人看成男人的私有物，享有所有权而产生的想法。如没有这一大前提，这样的嘲笑就不存在了。

使具有种种美德的乌龟蒙上耻辱的恶名，本是元、明、清以来理学对人们思想造成毒素后的产物，原本在古代是很尊重乌龟的。《诗经·大雅》云："爰始爰谋，爰契我龟。"《小雅》云："我龟既厌，不我告犹。"龟是古代"四灵"之一，原是三千年前的吉祥物，人们把命运寄托在乌龟身上，起码是在乌龟壳上的。烧上神火，由巫师捧着乌龟壳在火上烧灼，把祝愿词镌刻，或用火烧在乌龟壳上，这便是重要的文献，在某些原因，埋在土中三千来年之后，被人无意中掘出来，又被人认识了它的文字，这就是有名的甲骨文，甲即乌龟壳。《老残游记》作者刘鹗的著名学术著作就是《铁云藏龟》。没有乌龟作出重大的牺牲和贡献，殷商哪能有那样辉煌的文献？现代又哪能有这样属于人文学科的绝学——甲骨文研究？

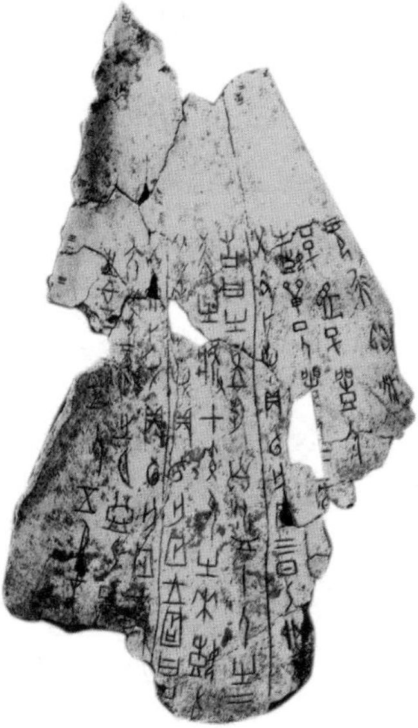

◥ 刻有文字的甲骨

乌龟有大如磨盘的，有小似金钱的，我不知它们是不是从小长大的，或者是不属于同一种类的。觉得它们大小之间也很有趣，能相差那么许多倍。而天地生人，人种尽管不同，而大小也差不了多少，纵然贵为天子，同普通人在重量高低上也差不了多少。这一点上，比乌龟世界要公平得多。试想天地生人，如在肤色之外，在大小相差上再有三五十来倍的差别，真有大人国、小人国之分，那外交和旅游上的麻烦就要更多，许多技术上的问题，如房子的大小、车船的宽窄、道路的规格以及其他种种生活用品恐怕都要更加复杂化了。

乌龟壳是好看的，大小虽不同，而鳞片数字却一样，中间一行，脊甲五枚，两旁肋甲各四枚，排列整齐，俗所谓“十三块六角”是也。至今南方人仍忌此数，货物定价可定十三元五角、七角，而决不定为十三元六角。又四周缘甲二十二枚，共计三十五片。腹部鳞十二枚。上下相合，四脚、头、尾六个孔，自由舒展，天生这样奇特。

中国人传统爱龟，由殷商开始，汉魏及至唐代都是一样的。《史记》中就有以小龟支床腿的记载，庾信《小园赋》“支床有龟”，可见乌龟千百年来，都热心为人服务。唐代名乐人李龟年、名诗人陆龟蒙，都起名为龟，以龟为荣。现在谁还有这种精神呢？

有朋友找我写字送人。如送给日本朋友，我常常写“龟寿”二字祝贺，日本朋友对乌龟还是有好感的。他们那里的乌龟似乎还保存着中国唐代以前的荣誉，没有恶名。而我们的乌龟却如西子之蒙不洁，不免有所忌讳了。因而给中国朋友写字，我就不敢写“龟寿”二字，万一遇到不懂的人如薛蟠者，岂不真成了“女儿悲”乎？希望有一天乌龟在社会上得到平反，人们不再把“死乌龟”“活乌龟”当作骂人的话，那就好了。

人们弄个小乌龟养养，也是很好玩的。现在有人养带绿毛的龟，我不喜欢，看着有点污相。我倒是欢喜身上沾点绿苔的小龟，在浅缸中颟顸地爬行，看着是很可爱的，不过我也没有养过。

蝙　蝠

一位很善于刻图章的朋友，应我的请求，给我刻了一方“蝠堂”的图章，我很想用它来做个别号，倒也不是附庸风雅，或者祈求多福。因为蝠者福也，中国人是喜欢蝠的，“五蝠捧寿”的图案画，不是流传了多少百年了吗？还有“流云百蝠”的图案，也是十分美丽的。《红楼梦》中说到蝉翼纱时就提到过，一片片的云彩飘流着，中间又飞着数不清的一个个蝙蝠，是很好看的图画，第一个设计出这种图画的人是十分聪明的，理解最大多数人的心理，给人以最善良的祝愿，而且有感情。在这两种图案中，我喜欢“流云百蝠”，而“五蝠捧寿”，五个蝙蝠的图案组成一个圆圈，中间围绕一个寿字，又是写成圆形的篆文。我觉得过于呆板，好像又太严肃些，一看这个图案，马上会想起各式各样的坐在太师椅上的老太爷来，我对他们并不欢喜。这都是以“蝠”叶“福”的音，对此我虽不反对，但也并不顶礼祈求。简单说，就是我刻个“蝠堂”的图章，也并不是意在祈求多福。当然也希望免祸，祸福相依，在不能最大限度主宰自己命运的我辈庸人来说，都是渺茫的，全靠碰运气。

▼ 青花飞蝠纹笔筒
故宫博物院藏

我为什么叫“蝠堂”，或者说为何起了这样一个雅号，是完全因想起了蝙蝠的故事的缘故。据说蝙蝠是一种处境很困难的动物，它想找些同伴归归类，可是大家都不欢迎它，到鸟类里面去了，说它是兽类，也不要它。它便到兽类中去报到，又因为它会飞，说它是鸟类，兽类中也不收留它，这样它便没有去处了。只能算是鸟中的兽类，兽中的鸟类。而鸟类、兽类又都不要它，也就是孔圣人说的“鸟兽不可与同群”了。

但是蝙蝠本身却不是什么不好的东西。前两天天气很热，吃过晚饭没有什么事可做，就在阳台上斜靠在一个藤椅上望着天发呆，看着天色一点点地暗下来，天热，近处或远处楼窗中开灯的人家很少，黑乎乎的，马路上偶有车辆驰过，时闻下面乘凉人的夜语声，这时颇得静中之趣。而暝色中却有两只小蝙蝠很快地飞来飞去，我设想它们忙着飞来飞去赶什么呢？是在暝色中捕捉蚊蚋之类的小虫来充饥，是天生的觅食本领，纵然鸟类不要它，兽类也不要它，而它还是要靠自己的力量生存下去。

“黄昏到寺蝙蝠飞”，这是韩愈的名句，这种境界是几次经历过的。虽然像是最普通的白话，却是那样的淡，那样的醇，那样的感人。我虽然在暝色中看着蝙蝠飞来飞去，却写不出这样的好诗，如果说“大楼窗外蝙蝠飞”——这哪里又算诗？千古文章一大抄，可惜我笨得连抄也不会，只能自叹做不了诗人，戴不了桂花做的那顶冠儿了。所以虽想起个“蝠堂”的别号雅一番，而蝙蝠仍然帮不了我的忙，写不出好的蝙蝠诗来。

据说蝙蝠又叫“伏翼”，又叫“飞鼠”，看来蝙蝠本身也是相当雅，起了别号的。不过第一个别号我喜欢，第二个似乎不大好。“伏翼”，纵然能飞，又何必学鲲鹏展翅，“翼”伏一伏，也是免祸藏拙之道，未为不可。如果和老鼠一攀亲家，鼠已可恶，再一会飞，那就更危险了，因而另一别号并无可赏之处。

蝙蝠是白天睡眠，晚间出来活动的动物。这一点稍感遗憾，好像不够光明正大，其实光明正大与否，有时也并不因白天晚间而有所区别。苍蝇在大太阳底下就叮臭肉，实际也不是好东西。蝙蝠却能在“暝色入高楼”时，飞来飞去吃蚊蚋，其行为对人类来说，却是值得嘉奖的。而且也不像老鼠那样，任何行为都偷偷摸摸，蝙蝠在人面前，大大方方，十分敏捷地飞来飞去。韩愈黄昏来到古庙，便先看见蝙蝠飞来飞去，至于和尚和古画，却是后看到的，而且是“所见稀”的。可见其重视程度，以和尚之尊和古画之古，全不在这位大学者的眼中了。蝙蝠又何幸运！和尚和古画又何可怜！

据说蝙蝠长着一对钩爪，白天是钩在其他物体上，倒悬着睡觉的。这个睡觉的姿态很特殊，我很遗憾，没有亲眼见过睡眠时的蝙蝠，不过这倒要有点真功夫才行。一般的鸟兽恐怕都没有这点本事。人类正研究仿生学，谁要能练会这点本事，那家中就可以不摆床，可以省不少地方，顶棚上弄些钩子就可以了。可惜这是胡说，根本不可能。但是想想蝙蝠为什么就可能呢？真是不可思议。

蝙蝠长得并不美丽，暗灰色的短毛，小小的头，长开的两个大得能飞的翼手。这是一个动物学的专名词，它不同于长着羽毛的翼，又不同于长着手指的手。这是哺乳动物翼手类的翼手，靠着它可以轻盈地飞翔。五六年前第一次看到一位穿蝙蝠袖的姑娘，我露了怯，大为友人们传笑。后来看惯了，觉着也很好玩，可惜着蝙蝠袖的姑娘们却一个都飞不起来，真是憾事。

现在不知谁想出来什么“吉祥物”云云，把希望寄托在洋派孙悟空和洋派熊猫上，蝙蝠似乎做了中国人多少年吉祥物了，什么时候，时来运转，也洋化一下，可以出口赚外汇呢！到时我的“蝠堂”可能也变成流行的蝙蝠袖了。

据屈大均《广东新语》说，广东岩洞中的蝙蝠，以乳石精汁为养，夏间出食荔枝，冬则服气，纯白大如鸠鹊，头上有冠，或千岁之物。其大如鹑而未白者，也已百岁。看来蝙蝠的确很好，不但多福，而且长寿。又说从化鳌头岭石穴中黄白蝙蝠，有大五六尺者。真要这么大，那也很怕人了。又说肇庆七星岩，有五色蝙蝠，现在不知还有没有，如有机会去广东，真想去看看。

至于说蝙蝠雌雄不舍，捕得其一，则一不去，因而可制媚药。并有诗云：“罗浮蝙蝠红，双宿芭蕉叶。相与带在身，媚郎兼媚妾。”所说不知真假，或者蝙蝠袖、蝙蝠衫正是因此而成为流行款式的。

鹦　鹉

小时候很羡慕玩鸟的人，出于好奇心，觉得很好玩。山乡陋巷，没有什么有闲的人，因此玩鸟的人也很少。唯一山乡东西街口上，有一小杂货铺，卖些花生、蚕豆、石碱之类的东西，生意也不忙，掌柜在卖货之余，没有什么其他事，铺门口挂着两个鸟笼子，是百灵鸟，即诗人们所谓云雀。我经常去他那个小铺门口玩，看这笼中的鸟跳来跳去，吃鸟食缸中的水和小米，它并不怎么叫，只是跳来跳去地十分好玩。虽说它长的也只是土黄色的羽毛，比麻雀大一些，也并不比麻雀漂亮多少，因而只看毛色也引不起我的兴趣，只是跳的好玩，这样小小的心理上，便产生了占有欲，想跟他讨一只拿回家去玩玩，他便用种种玩笑话引逗我，要同我交换，自然他只不过是逗逗我，不肯真给我的。实际我也不见得是真要，也只不过是一时的占有欲冲动而已，不过这却是我第一次对玩鸟感到兴趣。

乡间旧历四五月间，飞来一种头部有红色羽毛或暗绿羽毛的鸟，状如麻雀，略大些，乡间人叫它作青、红鸟儿，正式名称或学名叫什么，我也不知道。山乡好事少年常常把网支在大树下面，捕捉这种鸟。捉住可以养得很熟，飞出去一叫再飞回来，拿一个小盒子，盒中放些小米，它会自己衔开盖头来吃小米。进一步还可驯养它衔小旗、衔小花，等等，做各种游戏，不过这要花很长时间来饲养驯练。有一次过庙会，一个很不差的戏班子来唱戏，主角是坤角，名“金刚钻”，她带了一个小徒弟，养着这样一个小鸟，能很远地把放在戏台台沿上的小纸花衔着飞过来，飞过去，每飞一趟，她张开手心，让它吃两粒手心中的小米。我看她也不过十来岁的孩子，却有此本领，这个小鸟这样听她的话，太伟大——不，那时还不懂这个词儿，只

▼《鹦鹉图》
陈师曾、王云绘
故宫博物院藏

觉得她太那个了。儿童是有好奇心、模仿性的，我虽然没有立下雄心壮志向她学习，但心想也弄一个这样［的］鸟来玩玩多好呢。

离戏台不远，有个大菜园子，井台边有两棵大树，一伙人正在那里张网捕鸟，我在边上看了半天，好不容易捉到一只青雀儿，我花了六十枚铜圆买了回来。乡间邻里很热心，既然卖给我一个鸟儿，便替我找来一根枯树枝，弄了一段细绳，在鸟颈上打一活套结，既勒不死鸟，鸟又逃不掉，这小家伙便乖乖地立在这个枯枝上，被我架着它回来了。我是它的领主，它便是我的奴子，或者说是我的玩物，或者说它将是我孝顺的对象——人们说真正养鸟的人，孝顺鸟的心理，比孝顺亲爹还周到——不过不管怎么说，鸟儿总是失去自由了。鸟究竟是自由可贵呢，还是不愁吃、不愁喝被人豢养舒服呢？这都要问鸟，我是无法回答的。还是只说架着这个小鸟回家的我，刚走到大门口，正遇父亲从里面出来，喊了我一声，我一吓，手不自主地一松，那个断命的鸟反应倒灵敏，呼一下便带着那根枯枝飞走了……这是我立志玩鸟的一次惨败，以后便再不想玩这玩意了。

旧时说，提笼架鸟是游手好闲之徒干的事，没有看见过哪个大学教授托着个鸟笼子去上课，因而童年一过，对养鸟之类的事，也就更不大注意了。过去我曾写过一篇谈“大观园中鸟儿”的文章，说到玉顶金豆，说到鹦鹉，等等。这也都是看人家玩鸟和从书本上得来的一点材料，自己实际是没有这方面的经验和感性知识的。

《红楼梦》中写林黛玉的鹦鹉会念诗，这样的鹦鹉咱们没有见到过。“鹦鹉能言，不离飞鸟。”想想根据现代科学常识，鸟类学其他声音鸣叫，是条件反射，并不是有思想意识的活动。过去北京万牲园的八哥会叫“卖报”“卖报”“混蛋”“混蛋”，游人听着它骂“混蛋”“混蛋”，反而哈哈大笑。而当时万牲园中的白鹦鹉、绿鹦鹉却不会骂“混蛋”，自然也不会吟诗。“含情欲诉宫中事，鹦鹉前头不敢言。”这是唐诗的名句，大概唐朝宫中是有驯练鹦鹉的高手的，后来驯练鹦鹉说话的专家就越来越少了，会念诗的鹦鹉也就很难见到了。曹雪芹写黛玉的鹦鹉会“长叹一声”云云，也自然是文人伎俩，原不必当真。五十年前北京中山公园养着一只大红鹦鹉，成天立在铜架上吃缸中的玉米粒。也不会说话，只“咕咕”地乱叫，李渔云鹦鹉所长只在羽毛，其声则一无可取，信然。牌子上写着说：“鹦鹉绿为常色，红白为贵，五色者出海外，恒不易得。本园五色鹦鹉，前清时豢养宫中，隆裕太后（按，即光绪皇帝的妻子）矜赏备至……闻内廷旧人云：此鸟来自南洋，居清宫三四十年，园居二十余年，其出生至少在六十年以上云。”

可见鹦鹉的寿命还不算短，羽毛也真好看，而且很听话，天天站在架上，也不想飞走，似乎天生就是愿意给人当玩物的。这个大红五色鹦鹉死了，有好事遗老还给它在陶然亭修了一座坟。有人曾有词记这鹦鹉云：“翠柏参天，高槐夹道，旧是宸游经处。移宫换羽，剩解说前朝画檐鹦鹉。脉脉斜阳，背人西下悄无语。”

这后两句说的倒是很形象的，在我的印象中，的确如此。主要也因为夏天到公园坐茶座，大都是在太阳西斜之后，这鹦鹉总是挂在树荫下，斜照中，红墙边……自然形成这种词的意境了。

人们一般养的鹦鹉，大都是绿色、淡蓝色的多，因有花纹，俗名“虎皮鹦鹉”，这都是人工繁殖的。花鸟商店有卖，并没有多大意思。屈大均《广东新语》说：五色鹦鹉来自海舶，饲以绿豆、白粳，欲其多语，饲以香蕉，五色者能兼番汉二语。看来五色鹦鹉可以培养来做翻译，粳米虽然定量供应，香蕉价钱也不便宜，但是总比养大活人便宜，而且易于管理，培养一些兼通番汉二语的鹦鹉，看来是大有必要的。只是不知能找得这样的鸟教习否？看来还是困难不少的。

飞翥似怜毛羽贵徘徊如饱稻粱心

缃膺绀趾诚端雅为赋新篇步武吟

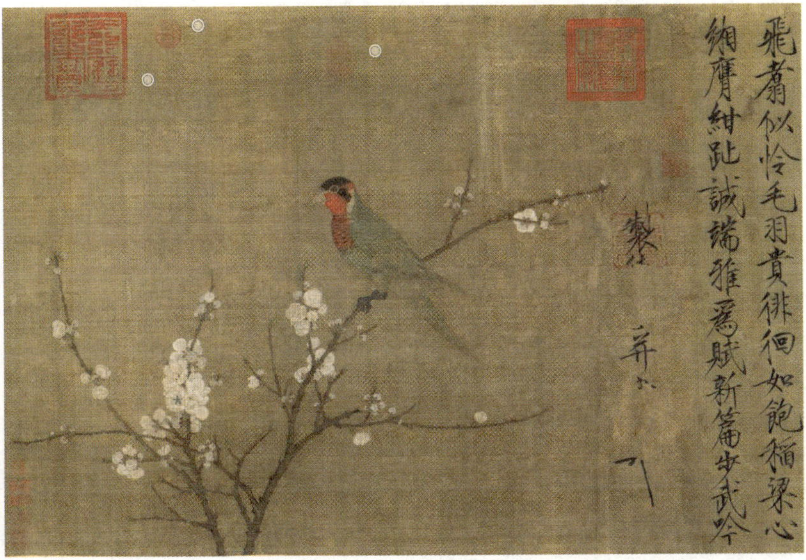

▶《五色鹦鹉图》（宋）赵佶绘　美国波士顿美术馆藏

◥《山鹧棘雀图》
（宋）黄居寀绘
台北故宫博物院藏

燕子·麻雀

两种与人们关系十分密切的小鸟，一是麻雀，二是燕子。

可惜上海这么大个地方，现在连一只燕子也看不到，未免十分悲哀。大约三十年前，有一年夏天，到浦东农村去参加三夏劳动，虽然睡地铺，条件差些，可是房梁上一窝燕子，十分可爱，随着人们的作息，飞出飞进。这是我来到上海第一次看到久别的燕子，感到分外欢喜。可是同行的一些人好像无动于衷，没有什么反应，也许因为他们从来没有见过燕子，所以表现得有些漠然吧。上海郊区，可能现在还有有燕子的地方，只是市区没有，楼房盖的再高、再考究也没有用。什么希尔顿、新锦江高级宾馆也招不来燕子，因为这既非王谢堂前，也非寻常百姓家里，自然是没有燕子飞翔的空气的，它当然不会来了。

燕子是国际旅游者，据说欧洲的燕子可以南飞到非洲好望角，中国燕子一般也南飞到爪哇、苏门答腊一带，至于是不是到澳大利亚，那就看它们的高兴，人们也很难知道了。“燕子来时新社，桃花节后清明。”它们来去很方便，用不着申请护照，办理签证。说来就来了，说走就走了，只有像上海这样的地方，它们不肯光顾。还没有听说过谁宣布燕子为不受欢迎的鸟，限它二十四小时之内离境。

▼ 燕子
（《毛诗品物图考》）

我很爱燕子，从小在山乡陋巷中看它

年年来去，尤其在夏天雨后，在夕照中，它飞来飞去，一掠而过，捕捉蚊子，我喜欢站在大门口，看着陋巷中飞来飞去忙碌的燕子，十分有趣。后来到了北京，夏天在北海漪澜堂喝茶吃点心。座位紧贴水边栏杆，大蓝布遮阳一片片挡住了西晒的太阳，那小燕在水面上，在这一片片大蓝布遮阳中间飞来飞去，这真是画栋雕梁，珠帘绣户，衣香鬓影，紫燕穿梭，一派升平富贵气象，与山乡陋巷、斜照颓垣间的燕子又不可同日而语了。

燕子年年来旧地筑巢，来孵一窝小燕子，五十五年前上初中，第一天第一课国文，讲的就是“梁上有双燕，翩翩雄与雌……”一篇很有意思的诗。“燕燕于飞”，中国人一直把燕子作为祝福爱侣的象征。自然，这只是祝福，而不少爱侣也许后来远远不如燕子幸福。岂可人而不如鸟乎？而事实上常常是人不如鸟的。

燕子是小鸟，麻雀也是小鸟。如果说燕子是国际旅游者，那麻雀只能是土生土长的土著了。燕子不来上海，而麻雀却很多，到处都有。我原来多少年住在一处空气污染最最严重的地方，这是货真价实的“最最”，一点虚头也没有。空气这样污染严重的地方，燕子自然不来，而麻雀却仍然很多。当某些工厂半夜里放臭气、放黑烟，把你从梦中熏醒来、喉头像火烧火烤时，而用不了三五个钟头，晨光一露，窗外麻雀便叫起来了。叫的那样欢，那样动听，可见它的生命力多么顽强，又多么朴实，一切都不在乎！

◥ 麻雀（古称家宾）（《毛诗品物图考》）

燕子很使人喜爱，但上海没有，也没有办法。生活中还是麻雀，比较更接近人，更可爱些。五十年代发生过怪事——实际也不怪，比起后来，那真是太平常了。就是敲锣打鼓、摇旗呐喊，追赶捕捉那些可怜的小麻雀，伟大的人类，以小小麻雀为敌，不过还好，这场战役没有坚持下去。麻雀当时是到处仓皇逃命的，可是后来一切过去了，麻雀又快乐地天天歌唱了。人们说，以鸟鸣春，春天自然各种美丽名贵的鸟很多，可是“深山闻杜鹃”，高级鸟总是在高级环境中出现的，纵使鸟鸣的春天，一般人所听到的也还是麻雀的叫声多，唧唧喳喳，也十分欢乐。

“武大郎玩夜猫子——什么人玩什么鸟”，这是北京的一句歇后语。即低级人只配玩低级鸟，丑八怪只配玩夜猫子，即猫头鹰也。我小时是很不中用的，各种游戏都十分低能。玩鸟也玩不来，只能玩小麻雀。可是掏雀儿也不容易，要爬到屋檐头，伸手到鸟窠中把小麻雀捉出来，而且又很难养。麻雀最初孵出来，很可怜，不像小鸡、小鸭，一出蛋壳就毛茸茸的很好玩。小麻雀刚孵出，身上是没有毛的，鲜红的肉，一点点小家伙，却有生命，这样的小麻雀，俗名“穿红布衫的”，一离开它那深暖的窠和老麻雀的怀抱，是很难养活的，只有死路一条了。不长毛的小麻雀稍长两天，嘴的两旁，各有一条鲜黄的线，俗名“黄嘴叉”，被捉住后，就比较好养了。一来它不像那不长一根羽毛的赤膊雀儿难以喂活，二来它又肯吃东西，不像大麻雀不肯张嘴，宁愿饿死，也不吃嗟来之食。可是我从来没有捉住过这样黄嘴叉的小麻雀。麻雀稍大，被人捉住，那也就无法养了。因为它决不张口吃你喂它的任何东西，它那样仇视你，虽不知它为谁效忠，但你感到你无能，一点点的麻雀你也无可奈何它，一切伟大尊严在小麻雀面前都塌台了。

我不知道人们赞赏老鹰，看不起麻雀是什么心理，或者是人类本性中十分残酷的一面所促使的罢。这中间不免也有十分滑稽的史实，宋徽宗赵佶，是以画鹰出名的，画过不少苍松老鹰，现在还有不少人学他，据说是谐

◥《白鹰图》
（北宋）赵佶绘
大英博物馆藏

“英雄独立”的音义。可是这位多才多艺的皇帝——道君教主，最后却当了俘虏，凄凉地在五国城青衣行酒，寂寞地死去了。贵为天子，画了半辈子鹰，却也掌握不住自己的命运，还不如一个小麻雀呢！

小麻雀群居而欢乐，又各自唱自己的歌，并不一天到晚想打仗，但却又有个性，不受人利用……种种美德，都使我很欢喜它。小时到处掏麻雀窝，对不住它的一些同类，只好请它们原谅了。

小金鱼

鱼儿离不开水，没有水便没有鱼，这是原理。自然也是相对的，鱼有大小，水有多少，鱼有自然生长与人工喂养之别，水又有各种不同的水。因而鱼水关系，也还不是一句话可以说得清的。几句闲言当作楔子，下面再说正文。

从小生长在偏僻［的］北国山乡，那里是个水源不多的地方，只有井水、泉水、河水。那河中的水流势湍急，而且夹带泥沙。水枯时，只有丈把宽；而山洪下来时，却又有一里多宽的浊流，这种水里鱼无法生存，因而虽然有河却是无鱼的了。而井水则在我们那个山中得天独厚，打井深一丈五尺左右，就可见水，而且水质很好，是甜水，所以一般人家院子中、菜园子中都有井，但井里也不生长鱼。只有夏天，北山脚下泉水前宽不盈丈的小水塘中，可以捉到二三寸长的泥鳅，这就是偏僻的山乡中所产的唯一的鱼了，可是多么寒碜可怜呢！腊月里人家买过年祭神用的冻鱼，那都是黄河鲤鱼，从远道贩运来的。那鱼周身全是透明的冰，捧在手中，滑溜溜的，可以仔细看它的鳞片、眼睛，全在冰中，看上去似乎包在玻璃外壳中一样，十分好玩。关于鱼的知识，童年的我，只有这些。

三十年代初，随家人到了北京，住在打磨厂一家古老的旅店中，因系暂住，自然也不用上学，只是跑出跑进地玩。时正旧历三月末，一天听得客店外面叫卖声："哎——大金鱼儿、小金鱼儿哎——"

市声柔软而漫长，抑扬有致，比唱歌还好听。我当时是一个初到京城的乡下孩子，也不知是做什么的，只觉得好听，便跑到店门口去看热闹，只见店门口歇着一个挑子，一个汉子立其旁，已有二三儿童围着观看。我过去一看，这挑子一头一个不大的竹篓，放着三五个大小不一的玻璃金鱼缸。另一头是个有双梁的浅木盆，直径约一尺五寸，高不过四五寸，中间格成四格，三格中水中游动着小金鱼，一格比一格大一些。另一格是黑黝黝的小蝌蚪，很多。小尾乱转，十分好玩。这是我第一次看到美丽的金鱼，留下了极深的印象。使我常常回忆起，说来也不只是小金鱼本身，而更为神思的是那种情调境界：古城的春之气息，漫长美妙的叫卖声，小金鱼、小蝌蚪的活泼生机，加以我的童年的稚气，这四者构成一片极怡情的境界，给我以无限情趣和美感，使我永远怀念它。因而我常常想起陆放翁的两句诗“小楼一夜听春雨，深巷明朝卖杏花”，也是表现了一种境

▼ 金鱼
（《金鱼图谱》）

界。作者自己的综合深切感受，以传神之笔写下的诗句，又感染了千古的读者。作为境界的感受是刹那的，而作为艺术的结晶却是永恒的。可惜我没有诗才，未能将我童年的感受写成诗，因而只能藏在自己的记忆中随时品味，却不能感染别人了。

三十年前，一位做大官夫人的表姐带了孩子长期住在上海的某家高级宾馆中，快过旧历年时，我带着女儿去看望她，我想送点什么呢？忽然想她的小孩很好玩，便去城隍庙买了一个小玻璃鱼缸，装了三四尾小金鱼，冒着雪去送给她的小女儿，实际也是送给她。果然她们都很喜欢，大家说笑了半天，情景和这几尾活泼泼的小金鱼是融在一起的。“鸿飞那复计东西”，事过之后，谁还记得，而我思念中，却还记忆着小金鱼。

实际我自己并未买过小金鱼精心饲养，据说姜太公钓鱼不用鱼钩，说是“志不在鱼”，其实我感到的小金鱼之乐，其乐也不在小金鱼本身。

北京中山公园有名贵的金鱼，养在大瓦缸中，供人观赏。这种大鱼缸都是瓦陶的，口大底小，边上起鼓钉花纹，不太深，放在六只脚的大木架子上，缸外都长有绿色青苔。一排排地有几十缸，每缸品种都不同。最普通的是龙睛鱼，就是大大的眼睛，长长的飘洒的大尾巴，短而肥胖的身体，其色彩又有红、蓝、紫及花等多种。还有什么蛋凤鱼、绒球鱼、红头鱼、虎头鱼、红帽鱼、蛤蟆头鱼、望天鱼、翻鳃鱼、珍珠鱼，等等。不少爱好观鱼的人，常常在这缸边转来转去，观赏鱼之乐，大概他们心中也很乐。我在青少年时期，公园是常去的，对于这些名贵的鱼，却很少注意，因此也没有留下什么观鱼之乐的深刻印象，只知这些鱼很好看，看过一次两次就算了。很名贵，很值钱，反正也买不起，或者根本也无买它的欲望。这些鱼并未像小金鱼那样给我留下美丽的回忆。迄今我仍思念小金鱼。

鱼之乐

有人很爱钓鱼，备有鱼竿、鱼钩、鱼标等一套工具，而且还有很考究的进口货。讲究这一套，然后选择风和日丽的日子到水边去垂钓，一种完全是为了娱乐，一种则目的在于钓到鱼，或是自己吃，或是牟利。杜甫的诗“老妻画纸为棋局，稚子敲针作钓钩”，说明诗人家中也有人钓鱼。想来不管目的何在，钓鱼本身一定是悠闲享乐的事。人说性急的人钓不来鱼，我虽然不是性急的人，可是也不会钓鱼，也不知钓鱼之乐。我很羡慕钓鱼的人，但迄今还没有想去学钓鱼的意思。说到“鱼之乐”，钓鱼只是钓鱼人之乐，鱼一吞饵，便要上钩，成为俎上之物，原是杀机四伏的事，对鱼来说，又何乐之有？

但人总有道理，吃鱼还要找出理由来。李渔《闲情偶寄》说："觉鱼之供人刀俎，似较他物为稍宜。何也？水族难竭而易繁。胎生、卵生之物，少则一母数子，多亦数十子而止矣。鱼之为种也似粟，千斯仓而万斯箱，皆于一腹焉寄之。……故渔人之取鱼虾，与樵人之伐草木，皆取所当取，伐所不得不伐者也。我辈食鱼虾之罪，较食他物为稍轻。"这就是李笠翁以菩萨心肠吃鱼的高论。

鱼之乐，在某种程度上讲，人类主宰着一切，也就是人之乐。庄子和惠施的辩论"子非鱼，安知鱼之乐"，以及"子非我，安知我不知鱼之乐"，实际上是庄子的诡辩，他只不过是自己观鱼、赏鱼之乐，又何尝真知鱼之乐。佛教徒有买鱼放生的善愿，当从渔人那里把网中鱼买来，捧着又放回江湖中去时，鱼一入水，一甩鱼尾，泼刺一声，眼看着它游入水深处不见了，那才叫乐呢。那是逃脱了险境之乐，逃得了性命之乐，不能主宰自己命运，经过七灾八难而活过来的人们，是懂得这种乐趣的。

“鱼，我所欲也；熊掌，亦我所欲也。二者不可得兼，舍鱼而取熊掌也。”对于我这个俗人来说，除去童年小金鱼之梦的喜悦外，其他观鱼之乐、钓鱼之乐，都不如吃鱼之乐的乐。熊掌我谈不到欲，因为它是什么味道，我根本不知道，不能比孟老夫子，他老人家见过梁惠王，参加过国宴，因此一打比喻，就是熊掌和鱼，实际还是脱离群众的话。《诗经》上说“维鲂与鲔”，从《诗经》和《孟子》的记载，知道我国先民吃鱼的历史是很早的，研究得也是很深的。李渔《闲情偶寄》说的很简明扼要，他说：

食鱼者首重在鲜，次则及肥，肥而且鲜，鱼之能事毕矣。然二美虽兼，又有所重在一者，如鲟、如鯚、如鲫、如鲤，皆以鲜胜者也，鲜宜清煮做汤；如鳊、如白、如鲥、如鲢，皆以肥胜者也，肥宜厚烹做脍。烹煮之法，全在火候得宜，先期而食者肉生，生则不松；过期而食者肉死，死则无味。迟客之家，他馔或可先设以待，鱼则必须活养，候客至旋烹。鱼之至味在鲜，而鲜之至味又只在初熟离釜之片刻……

所论吃鱼贵在鲜、肥、活，这是抓住吃鱼的要点。不过所列鱼种，各地所好也并不一样。如鲤鱼，只是在河南一带讲究吃黄河鲤鱼，在江浙一带则不大吃鲤鱼。有一次我经过菜场时，买了一条，拿回家中，大为家人所笑，说是不能吃的，结果

◥ 塘鲤鱼
（《各样鱼图册》）

送给了邻居。为什么不吃鲤鱼？或曰因为鲤鱼跳龙门，鲤鱼是敬神的鱼，人不能吃。或曰因为鲤鱼的肉有泥土气味不好，所以不吃。后来看段成式《酉阳杂俎》，才明白了原因。他记云："鲤，脊中鳞一道，每鳞有小黑点，大小皆三十六鳞。国朝律，取得鲤鱼即宜放，仍不得吃，号赤鲟公。卖者杖六十，言'鲤'为'李'也。"原来不吃鲤鱼，还是唐朝的法律，老百姓自觉遵守，已经成为风俗习惯了。不过段成式所说的鲤，或许是指乌鲤，即上海市场上很吃香的黑鱼，与黄河鲤是不同的鲤类。

吃鱼之乐，要详细说，那是说不完的，可以举出不少例子，讲说不少故事，但在此只能从略了。

最后再说说斗鱼之乐。陈淏子《花镜》中"斗鱼"条记云：斗鱼又叫文鱼，出产地是福建三山溪中，长二三寸，花身红尾，又叫丁斑鱼。生性十分欢喜斗。人们养在鱼缸中，大家互相做斗鱼的游戏。还有人写过《斗鱼赋》。在明代有人弄了几十条斗鱼，到北京奉献给太监，太监看了大喜，此人因此得了很高的官。

看了《花镜》的介绍，不禁想起另外一则笔记，就是《清稗类钞》所记“金鱼排队”，文云：“有畜金鱼者，分红白二种，贮于一缸，以红白二旗引之。先摇红旗，则红者随旗往来游溯，疾转疾随，缓转缓随。旗收则鱼皆潜伏。白亦如之。再以二旗并竖，则红白错绕旋转，前后间杂，有如走阵者然。久之，以二旗分为二处，则红者随红旗而仍归红队，白者随白旗而仍归白队，是曰‘金鱼排队’。”这种游戏能令金鱼听指挥，以红白旗发命令，分队游曳，想来也是十分好玩的，可惜没有看见过。

大鱼吃小鱼，小鱼吃虾米，在大江大海中，水族世界，是自然生态平衡。自身的生命，本身就是活泼泼的天机。小鱼被大鱼吞掉，大鱼又被更大的鱼吞掉，都是优胜劣败，自然消亡，又何有喜怒哀乐存乎其间？“相濡以沫，不如相忘于江湖。”鱼之乐，一遇到人，恐怕便只剩人之乐了。而我记忆中的小金鱼，则仍充满着童年的欢乐。

种鱼术

现在人们养金鱼、热带鱼的还很多；而且近年人们又大面积开池塘养殖食用鱼，有淡水鱼，也有海水鱼。如果把鱼用与人的关系来分类，大约分为下列三种即可：一是食用鱼，二是观赏鱼，三是自然鱼。食用鱼又分河鱼、海鱼，另又分喂养和野生，即人工喂养后捕捞的和直接从江河湖海中捕捞的。另外河海中自然生长的鱼，而又不能为人所食用的，或者大海中数不清的人们无法捕捞的鱼。这些用我的分类法，就算作第三类“自然鱼”吧。我为了说“种鱼术”和喂养金鱼，先自己主观地把鱼分分类。自然这种分类是不科学的，只为了行文便利而已。

所说“种鱼术”，是我国古代人工养鱼的别名。人工养鱼，又可分两种，一种是养食用鱼，一种是养观赏鱼。我国养鱼史，养食用鱼要早于养观赏鱼一二千年。可是晚近谈养观赏鱼的文献较多，谈养食用鱼的文献较少，或者说更为专门，一般人注意不到。至于现代科学中的养鱼专业，那更是一种专门的学科，不是外行人可以随便乱说的了。

人工养鱼，在我国的历史是十分悠久的。最早可以追溯到春秋时代。《吴越春秋》记云：

> 越王既栖会稽，范蠡等曰：“臣窃见会稽之山，有鱼池上下二处，水中有三江四渎之流，九溪六谷之广。上池宜于君王，下池宜于民臣。畜鱼三年，其利可以致千万，越国当富盈。”

《吴越春秋》虽然是汉赵晔的作品，近小说家言，但所言范蠡向越王建议开鱼池养鱼的事，却是有几分可信的。《史记》中“水居千石鱼陂”一句，唐人张守节《正义》注曰："言陂泽养鱼，一岁收得千担鱼卖也。"这句正可以证明《吴越春秋》中的故事之可靠性。《史记·货殖列传》中也有"山东多鱼盐"的记载，而且记载管仲相齐，兴鱼盐之利，齐以富强的情况。这中间想来既有捕捞自然鱼，也有人工开池养鱼的可能。而且在捕捞自然鱼当中，也十分注意到保护自然资源，这中间已存在了"人工养鱼"的作用。《淮南子》《吕氏春秋》中都有保护鱼苗的记载。《吕氏春秋》说："竭泽而渔，岂不得鱼，而明年无鱼。"《淮南子》中写的更为生动，叙述一故事道："季子治亶父三年，而巫马期绝衣短褐，易容貌，往观化焉。见夜渔者释之，巫马期问焉，曰：'子所为渔者，欲得也。今得而释之，何也？'渔者对曰：'季子不欲人取小鱼也。所得者小鱼，是以释之。'"这都说明当时为政者已注意到教民如何保护鱼资源。仔细思考人类懂得养鱼的过程，大概不外几个步骤：一是盲目捕捞自然鱼；二是在捕捞中注意到鱼的种种生长情况，注意研究其规律；三是根据经验和认识，注意到留鱼种（不能竭泽而渔）以及捕大留小的重要性；四才是掌握了鱼的生长规律，排卵情况，把怀卵的鱼捉来，放入人工池塘中，这就完全是人工养鱼的种鱼术了。当然这些原始的办法，比之于现代的科学养鱼，那是落后得多，但在两千年前的古代，不能不说是十分先进的了。

世传范蠡隐居于陶，自称“陶朱公”，在太湖一带经营工商业，所谓“三致千金”，是历史上早期发家致富的能人。《齐民要术》中引用他的《养鱼经》云：

> 夫治生之法有五，水畜第一。水畜，所谓鱼池也。以六亩地为池，池中作九洲，求怀子鲤鱼长三尺者二十头，牡鲤[鱼]长三尺者四头，以二月上庚日纳池中，令水无声，鱼必生。至四月纳一神守，六月纳二神守，八月纳三神守。神守者，鳖也。所以纳鳖者，鱼满三百六十，则蛟龙为之长，而将鱼飞去，纳鳖则鱼不复去，在池中周绕九洲无穷，自谓江湖也。至来年二月，得鲤鱼长一尺者一万五千枚，三尺者四万五千枚，二尺者万枚……至明年，得长一尺者十万枚，长二

尺者五万枚，长三尺者五万枚，长四尺者四万枚。留长二尺者［二］千枚作种，所余皆货，得钱五百一十五万。候至明年，不可胜计也。……池中九洲八谷，谷上立水二尺，又谷中立水六尺。所以养鲤者，鲤不相食，易长又贵也。

这虽然不一定真是范蠡所著，但起码是汉魏以来流传的养鱼法。因为《齐民要术》是后魏贾思勰所撰，以鲤为主，是中原河南一带的养鱼法。鲤鱼三尺，还是汉尺标准，不过合现在市尺二尺。“一神守”“二神守”的说法，是道家的语言。另外还说“三尺大鲤”不易找，取湖泽大鱼生长处之泥铺入池中，因其泥中已有鱼子，得水即可生出小鱼，想法都符合科学原理。

人工养鱼，唐宋之后，那就更为普遍，鱼种青鱼、草鱼、花鲢、白鲢、鳊鱼、鲫鱼、白鱼、鲤鱼、鳝鱼，等等，无一不备，这些都可在池塘中产卵放养。野生的固多，人工养的也不少。至于鲥鱼、河蟹等，则因排卵、回游等缘故，过去不能人工养，现在据闻河蟹也可人工养了。将来可能大量供应，不过目前好像还不普遍。

人工养食用鱼之外，再一种就是养观赏鱼。所谓观赏鱼就是金鱼，或者叫龙睛鱼。而另一种现代的观赏鱼——热带鱼，在我国古代是没有的。

金鱼或者龙睛鱼，这全是人工养的，甚至是人工配种孵化的，是鲫鱼或鲤鱼的变种。比较明确的历史是宋代方见诸文献。赵翼在《陔余丛考》中引戴埴《鼠璞》记载说：苏东坡读苏子美六和塔诗，对“沿桥待金鲫，竟日独流连”二句，不知如何解释。后来到杭州做官，才知道六和塔后面庙里有金色的鲫鱼。《鼠璞》书中接着又说：现在南渡以后，杭州王公贵人的私人园林很多，池中都有金鲫鱼，全是用人工方法豢养的。并引岳珂《桯史》云：“都中豢鱼能变鱼，以金鲫为上，鲤次之。贵游多凿石为池养之，饲以小红虫。初白如银，顶渐黄，久而金矣。又别有雪质而黑章，的皪若漆，曰玳瑁者，尤可观。”所说饲以小红虫，就是京沪两地养金鱼的人所说的“鱼虫”，前两年在北京家中，见对门邻居

▼《紫藤金鱼图》
（清）虚谷绘
故宫博物院藏

父子三人，都以捞卖鱼虫为业，家中院子里几口大缸，天天到郊外捞鱼虫出卖，很快成了万元户，儿子都买上摩托车，好不气派。小小的鱼虫对照着多少个大大的万元户，这中间说明什么呢？就是养金鱼的人多了，都要买鱼虫喂鱼，所以卖鱼虫者也可发点财了。不过这是时下流行的事，不必多谈，还是说养金鱼吧。

饲养金鱼，自宋开始，至明清以后，十分普遍，讲求此道之人甚多，其技艺亦越来越精。清初陈淏子《花镜》一书，主要谈养花，但后面也附有《养金鱼》一篇，说得很详细，一开头道：

鱼之名色极广，园池惟以金鱼为尚，青鱼、白鱼次之。独鲤鱼、鲫鱼善能变化颜色，而金鲫更耐久可观。前古无缸畜养，至宋始有缸畜之者。今多为人养玩，而鱼亦自成一种，直号金鱼矣。……有名金鱼，人皆贵重之。

从其所记可知，金鱼最早是鲫鱼、鲤鱼的变种，而后来金鱼单独成一种鱼了。而且一般金鱼都养在缸中，不养在池沼中。他说："惟石城以卖鱼为业者，多畜之池内，以广其生息。"石城是南京城，陈淏子别号西湖花隐翁，终老西泠，曾游历白下，是明末清初人。有民族气节，是以授徒为业、种花艺竹的老书生。因而可能没有到过北京，所以没有提到北京以养金鱼为业的人。刘侗《帝京景物略·金鱼池》记云："金故有鱼藻池，旧志云：池上有殿，榜以'瑶池'。殿之址，今不可寻。池泓然也，居人界而塘之，柳垂覆之，岁种金鱼［以］为业。"北京金鱼池直到现在还有这个地名，今天种金鱼为业的人可能更多了。

据说养金鱼池中孵鱼苗，在池中养大，颜色不鲜，必须缸养。缸要底尖口大，用现在科学观点来分析，这样的缸贮水，水面大，接触氧气多。在新缸未蓄水时，要用生芋头擦过，注水后易生苔、水活，夏秋暑热，隔日一换水。

关于鱼种的变化，《帝京景物略》说："有虾种者，银目、金目、双环、四尾之属。"但并未说明如何配种。《花镜》说的则较为具体好玩，其文云：

> 俟季春跌子时，取大雄虾数只盖之，则所生之子皆三五尾。但虾钳须去其半，则鱼不伤。视雄鱼沿缸赶咬，即雌鱼生子之候也。跌子草上，取草映日看，有子如粟米大，色亮如水晶者，即将此草另放于浅瓦盆内，止容三五指水，置微有树阴处晒之。不见日不生，若遇烈日亦不生。二三日后便出，不可与大鱼同处，恐为所食。子出后，即用熟鸡鸭子黄捻细饲之。旬日后，随取河渠秽水内所生小红虫饲之。但红虫必须清水漾过，不

可着多。至百余日后，黑者渐变花白，次渐纯白。若初变淡黄，次变纯红矣。其中花色，任其所变。鱼以三尾五尾，脊无鳞而有金管、银管者为贵。

他后面说到金鱼的名称道：“种种之不一，总随人意命名者也。”在《帝京景物略》中所列名称有金、银、瑇瑁、鹤珠、银鞍、七星、八卦、银目、金目、双环、四尾等，品种还比较简单。而在《花镜》中则列有金盔、金鞍、锦被、印红头、裹头红、连鳃红、首尾红、鹤顶红、六鳞红、玉带围、点绛唇、八卦、骰子点、黑眼、雪眼、朱眼、紫眼、玛瑙眼、琥珀眼、四红、十二红、十二白、堆金砌玉、落花流水、隔断红尘、莲台八瓣等数十种之多。

旧时北京中山公园金鱼也十分出名，品种有二十余种之多。北方天寒，每年小雪前后鱼缸移入室内，至惊蛰后移出户外。移到户外后，便要喂养鱼虫，每天上午给食，数量吃到下午六时为止。每日添换新水十分之一二，暑时添换十分之三四，大暑夜间也要换水，中午要加盖苇帘，谷雨前将红根闸草放入盆内，鱼即生子。生子后将闸草取出，放入另盆净水内。四五日后化成鱼形。喂一种最小的鱼虫叫“水灰虫”，用白布包熟鸡蛋黄放入水中，鱼可吸蛋黄浆。十四五日后喂名叫“小蜘蛛”的鱼虫。一个月后即可喂一般鱼虫，即“仓虫”。幼鱼盆水不可常换。夏季水深一尺二三寸，春秋冬水深以八九寸最好。冬天移入室内，室温在二十二度最好。

杭州玉泉、花港观鱼等处池中，是金红鲫鱼、鲤鱼，长可一二尺，那不是金睛鱼。再者，金睛鱼在缸中也容易生病，如鱼瘦生白点，俗名“鱼虱”，水中放些枫树皮，或白杨树皮，即可防治。其他还有各种预防鱼病的方法，就不多说了。

金鱼在动物学中，属喉鳔类鲤科，是我国的珍贵特产，由宋代开始，经历了大约九百多年的人工选育和人工喂养，培育出品种众多的美丽的观赏鱼，而且品种还在不断增加。它的远祖是鲫鱼，但它们比其远祖那不知漂亮多少倍了。

弄虫蚁（上）

读《梦粱录》《武林旧事》诸书，所记南宋杭州各瓦子杂耍项目，有“弄虫蚁”一科，说明我国古代有专门以耍虫为技艺的艺人。但该两书中，未详细记载如何耍，如何驯养，如何训练虫蚁，使之听人指挥。而前人笔记中有些资料，前于此的，有唐人段成式的《酉阳杂俎》，他在“诡习”中记了一则故事说：有一位山人王固见襄州长官于頔，于见王动作迟缓，没有什么特殊的本领，不大重视。过了些天，于宴请宾客，没有请王固，王感到很不愉快，便去访问于的属吏判官曾叔政，曾很有礼貌地接待了他。王固便对曾叔政说：“我以为于頔长官爱好奇特的技能，所以老远地来到这里，现在没有见到长官，实在遗憾。我会一种绝艺，从古以来都没有过，现在即将回去了，感激先生的热情款待，为您表现一下吧。”说完，怀中取出一截竹筒和一面小鼓，不过几寸长。一会儿，拔去竹筒塞头，折个小竹枝连敲小鼓。筒中有几十个蝇虎子，分两行出来，列为两队，如对阵势。每击小鼓，三个五个蝇虎子随着鼓声改变队伍，整整齐齐，中轴队列，两翼队形的变化，样样都全。或进或退，命令严整，连人也比不上，真是神奇。队伍变化了几十种样子，才结束了表演，那些蝇虎子，又整整齐齐列队走回竹筒中。

曾判官看完山人王固的表演，大吃一惊。随后禀告了长官于頔。于听了十分悔恨前几天怠慢了他，就派人去找他，可是这位神秘的山人早已不知去向了。

以上就是唐代“弄虫蚁”故事的记载。这不是神话，所说“蝇虎子”，也是一种既特殊又很普通的小虫。按，蝇虎亦名“蝇狐”，属蜘蛛科。灰色或白色，脚短，但极为敏捷，不结网，捕杀蝇类昆虫为食物，对人类来说，蝇虎子是益虫。在乡间也能常常见到，但并不多。捉几十只蝇虎子也不是件容易事。用什么来喂养，大概是捉苍蝇来喂蝇虎了。而难在如何训练它们服从命令听指挥，按着鼓声摆阵势，这真是了不起的绝技，是很难想象的。但根据生物工程原理来说，还是办得到的。因此虽然有点神奇，却不能说是神话。

另外，王士禛《池北偶谈》中引唐苏鹗《杜阳杂编》说：

> 唐穆宗（或云宪宗）朝，飞龙士韩志和，本倭国人，于御前出一桐木合，方数寸，中以丹砂养蝇虎子，其形尽赤，分为五队，令舞《梁州》。上召国乐以举其曲，蝇虎盘回宛转，无不中节。每遇致词处，则隐隐如蝇声。曲终，累累而退，若有尊卑等级者然。

照此所记，还可以配上音乐，表演皇家舞蹈。一样是蝇虎子，技艺更高了。分为五队，这且不谈，同段成式所记差不多，而段未记这些蝇虎子吃什么，这里说吃丹砂。这也很难理解。丹砂即朱砂，是矿物，可入药，是道家提倡的。成分是硫化汞，可提炼水银，以之喂小虫，小虫能活多久？以科学常理思之，似乎不大可能。再有这表演者原本是日本人，当时唐代和日本交往很多，日本术士浮海而来的不少，这种技艺是由日本传来，还是由中国传去，颇值得史家去考证一番。

在唐人的两种著作中，都记了蝇虎游戏的故事，或者同出一源，或者二事为一，但更显示其真实性。

宋周密《癸辛杂识》记云："余垂髫时，随先君之故都，尝见戏事数端，有可喜者，自后则不复有之，姑书于此，以资谈柄云。呈水嬉者，以髹漆大斛满贮水，以小铜锣为节，凡龟、鳖、鳅、鱼，皆以名呼之，即浮水面，戴戏具而舞，舞罢即沉。别复呼其他，次第呈技焉。"

《武林旧事》也是周密写的，其所记鱼戏，也属于所说“弄虫蚁”的一种。这和现在世界上水族馆海狮做游戏一样，是属于水中鳞介类的训练，这恐怕比训练海狮难得多。试想，让泥鳅听指挥，这如何办得到呢？

周密是南宋人，经历了宋朝亡国，到了元初，他还活着，所记都是回忆南宋旧事。而弄虫蚁的技艺，到了元代仍然流传，元人陶宗仪《辍耕录》中也有记载。故事是这样的：他居住在杭州的时候，看见过一个弄虫蚁的艺人，养着七个小乌龟，一个比一个大一些，最小的只是个小金钱龟。表演时，把龟放在桌子上，敲鼓来指挥，听了鼓声，最大的那个龟先爬行到桌中央伏定，然后其他龟随着鼓声，依大小次序慢慢爬过去，一个爬伏在一个的背上。直到第七个最小的那个爬上第六个背上时，却翘后脚直立起来，而且把尾巴也翘起来，下大上小，一层层像一座小塔一样，这个游戏的名堂叫作“乌龟叠塔”。

又一种是养着九只蛤蟆，表演时，先放一方凳在当中，然后放蛤蟆。中间最大一只先跳在中央，然后八个分作两排，面对面在大蛤蟆前排成两列，大的叫一声，小的也齐声叫一声；大的连叫几声，小的也连叫几声。接着小的到大的前面，一边点头一边叫，好像是在行礼告别一样，这样依次退下。这个游戏名堂叫作“蛤蟆说法”。

弄虫蚁（下）

《水浒传》中，管老虎叫“大虫”，据说这俗语是因避唐先世的讳而改称，年代久远而形成的语词。另外北京人管蛇叫“长虫”。这却有些近似，因为蛇是爬虫类，它的字形原只一半，是象形字，后又加一“虫”字偏旁，区别于“鱼”字旁、“犬”字旁，说它是虫，叫作“长虫”，那是十分确切的。由于蛇也叫虫，那么耍蛇也可以算入“弄虫蚁”的范畴，这是很常见的。《聊斋志异》中所写大青、小青的故事，篇幅不长，可是十分传神，把蛇写得极富人情味，我小时极爱看这篇故事。前两年去新加坡，游览圣淘沙，看见两位马来人在玩两条碗口粗的斑斓的眼镜王蛇，十分吓人。

他把蛇绕在脖子上、手臂上，还介绍给观众，让观众也绕在脖子上拍照片，绕一次两元钱，也真有人敢绕。这也可以照北京说法叫“长虫”，只是这个虫太大了。

弄虫蚁的技艺，在明代也还流传在民间，沈德符《野获编》有一则记云：

> 古来惟弄猢狲为最巧，犹以与人类近也。至鸟衔字、雀衔钱、犬踏橇、羊鸣鼓、龟造塔，已为可怪。若宋时熊翻筋斗、驴舞《柘枝》而极矣。今又有畜虾蟆念佛者，立一巨者于前，人念佛一声，则亦咯咯一声，如击木鱼，以次传下殆遍。人又起佛号如前，虾蟆又应声，凡数十度。临起，又令叩头而散。此亦人所时见者。又闻大父云：“有鬻技者藏二色蚁于竹筒中，倾出鸣鼓，则趋出各成行列。再鼓之，则群斗交战良久，鸣金一声，各退归本阵，鱼贯收之。”此更古来所未有矣。

所记蚂蚁交战之事，真是宋人弄虫蚁的技艺表演。这种游戏情况，在清代袁子才的《子不语》中记载的还要详细，他说他小时候住在杭州葵巷，见一个乞丐，背着一个布袋、两个竹筒，袋里面放着九个蛤蟆，竹筒里放着红、白两种蚂蚁近千个。到了店铺里，表演时就放在柜台上，表演后只要三个钱即离去，也不多要。表演的节目有两种，一叫“蛤蟆教书”，所记同陶宗仪《辍耕录》之“蛤蟆说法”差不多，只是大的在中间，小的环坐一圈，寂静无声。乞丐喝一声说“教书”，大蛤蟆先叫“阁阁”，一群小蛤蟆也跟着阁阁地叫起来。乞丐说停，马上便不叫了。二叫“蚂蚁摆阵”，用红、白两面小旗，先把两个竹筒中蚂蚁倒出来，红蚂蚁、白蚂蚁在柜台上乱跑。乞丐用红旗一挥说“归队”，红蚂蚁立刻排成一行。又用白旗一挥说“归队”，白蚂蚁也立刻排成一行。接着用红、白旗互扇，叫“开仗穿阵”，红、白蚁便穿杂而行，但是不乱，左转右转，都听指挥。这样穿行几圈，然后以竹筒接着，红蚁、白蚁便蠕动着慢慢各自回到各自竹筒中去了。

袁子才所记“蛤蟆教书”，同陶宗仪所记“蛤蟆说法”一样，所记“蚂蚁摆阵”则和沈德符《野获编》所说一样，可见自元到清代乾嘉之际，三四百年间（按，似应为四五百年间），这弄虫蚁的技艺一直是在民间流传着的。这是很特殊的技艺，而且是乞丐玩的把戏，不登大雅之堂的玩意，但却是绝技。袁子才在《子不语》所记此条最后说：“虾蟆、蝼蚁至微至蠢之虫，不知如何教法！”他所说蚂蚁“至微”，倒是实情；说“蠢”，却是大成问题的，因为在昆虫学中，蚂蚁同蜜蜂一样，是具有很高本能的昆虫。说蛤蟆“蠢”，恐怕也是相对的，袁子才也是想当然，他想来也说不清蛤蟆蠢在哪里？而这个“如何教法”的确让人难以想象。想来一定是有窍门的，但这种把戏一般人看不到，而这种技艺的秘密自然更弄不清，现在想来早已失传了。因而想到，民间的各种绝技，失传的太多了。现在科学发达，各种昆虫试验室中，可以喂养各种昆虫，甚至培养细菌，肉眼看不到，只能在显微镜下，甚至高倍显微镜下观察。但这只是为研究它，认识它，做科学试验，并非为了游戏。昆虫学家如要训练蚂蚁布阵打仗，想来定有办法。因为蚂蚁本性就是属于群体的，能互相打仗的，只是如何指挥它，使之服从人的指挥，想来在喂养之外，理解其本性，能顺其本性利用之，是最为重要的。如作八股文，最后亦可作结论曰：此不亦可作牧民者之戒乎？

草木虫鱼文献

细思人类草木虫鱼的学问，第一是实用方面的，第二是认识方面的，第三是艺术情趣方面的。实用方面是为了生活生存的需要，人能于草本植物中分出谷物和草，于木本中分出可食者与不可食者，等等，这是实用方面的。在草中、木中、虫中，又能分出不同种类，好的，可利用的，不好的，有害的，其细微形状、特性，生长情况，等等，这是认识方面的。懂得看花的光芒、色彩，听鸟声、虫声，思大树之年龄，感草色之芬芳，凡此等等，这是艺术情趣方面的。只《诗经》一书，此三者已具备矣。孔子说：

> 小子何莫学夫《诗》？《诗》可以兴，可以观，可以群，可以怨。迩之事父，远之事君。多识于鸟兽草木之名！

清道光时刘宝楠《论语正义》是一部通达的解经书，关于这段话，有几句道："《说文》：'鸟，长尾禽总名也。'《尔雅·释鸟》云：'二足而羽谓之禽，四足而毛谓之兽。'鸟兽草木，所以贵多识者，人饮食之宜，医药之备，必当识别，匪可妄施。故知其名，然后能知其形，知其性。《尔雅》于鸟兽草木，皆专篇释之。而《神农本草》，亦详言其性之所宜用。可知博物之学，儒者所甚重矣。"

看来首篇所记韩愈的思想，上不足以比孔子，下又不足以比刘宝楠之通达，可见古人所说之"通"，是十分不易的。懂得草木鸟兽虫鱼之为知识的重要意义，孔子已作了初步的说明，刘宝楠又阐明其正义。事实上这门学问在孔子时代已殊足以代表华夏文化之辉煌了。试看一部《诗经》，已详细地记录了草木鸟兽虫鱼的名称，《礼记》的《月令》篇，又详细记录了草木鸟兽虫鱼的生态，进行了保持自然界生态平衡的宣传教育："孟春之月……牺牲毋用牝。禁止伐木。毋覆巢，毋杀孩虫、胎、夭、飞鸟……"直到今天，不是还宣传"爱鸟月"活动吗？在《楚辞》中，那所记奇花异草的名称就更多了。

所以，先秦典籍，经学家可以把它看成是弘扬圣道的根据；史学家则把它看成是历史的记录，所谓"六经皆史也"；而文学家又把它看成是文学作品，现代文学家们特别注意《诗经》的爱情故事，"关关雎鸠"，不就引起了"君子好逑"之兴吗？顾影自怜的诗人们，想着那"窈窕淑女"，难免就飘飘然了。而说到"草木虫鱼"，我们又不妨把这些经典当作"博物志"读，当作植物学、动物学、昆虫学读，也未为不可。而且不只此也，还可当作美学、艺术学来读。比如说："手如柔荑，肤如凝脂，领如蝤蛴，齿如瓠犀，螓首蛾眉，巧笑倩兮，美目盼兮。"这就不只是只告诉了我们一些草名、虫名，什么"柔荑""蝤蛴"，等等，而且拟人状物，把草木虫鱼的博物知识与人事中美丽的形象联系在一起，这就是综合的文化艺术了。再比如："东门之杨，其叶牂牂。昏以为期，明星煌煌。"不只记录了人们对杨树的认识，而是把感情形象交织在一起，成为艺术画面，已是"月上柳梢头，人约黄昏后"的先声矣。有时一句话、一个词组，使人感到古人体物知识的细微传神之处，如"蜉蝣之羽，衣裳楚楚"，把微虫之翼比作衣裾，观察的那样真切，语言表现的那样传神，这不正说明草木虫鱼的学问，在《诗经》时，已经达到了相当的高度了吗？

晋代陆玑（吴郡人，与史称"云间二陆"中陆机是两个人）是位有心人，他写了本著名的小书叫《毛诗草木鸟兽虫鱼疏》，不但注意到《诗经》中草木虫鱼的名称，而且把这些名称与各地民间俗称排比注释，再征引其他著述疏解，十分有情趣。如"维鲂及鲔"疏注云：

> 鲂，今伊、洛、济、颍鲂鱼也，广而薄，肥恬而少力，细鳞，鱼之美者。渔阳、泉切、刀口、

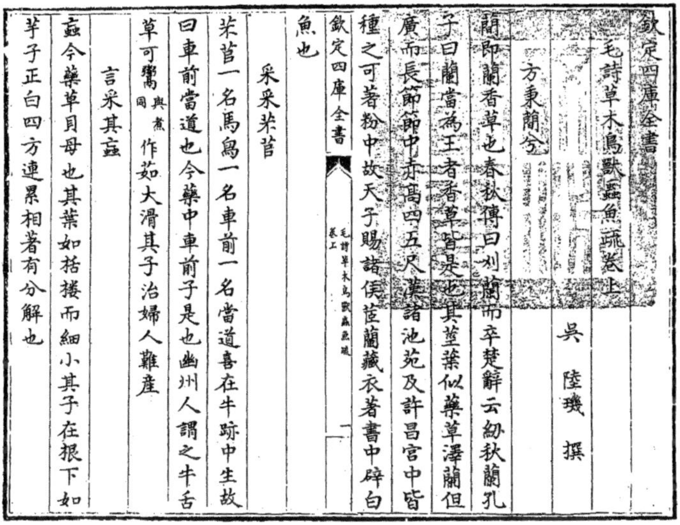
欽定四庫全書

毛詩草木鳥獸蟲魚疏卷上

吳 陸璣 撰

方秉蕑兮

蕑即蘭香草也春秋傳曰刈蘭而卒楚辭云紉秋蘭孔子曰蘭當為王者香草皆是也其莖葉似藥草澤蘭但廣而長節節中赤高四五尺漢諸池苑及許昌宮中皆種之可著粉中故天子賜諸侯茝蘭藏衣著書中辟白魚也

欽定四庫全書 毛詩草木鳥獸蟲魚疏 卷上 一

采采芣苢

芣苢一名馬舄一名車前一名當道喜在牛跡中生故曰車前當道也今藥中車前子是也幽州人謂之牛舌草可鬻(與煮同)作茹大滑其子治婦人難產

言采其蝱

蝱今藥草貝母也其葉如栝樓而細小其子在根下如芋子正白四方連累相著有分解也

◤ 陆玑《毛诗草木鸟兽虫鱼疏》书影（《景印文渊阁四库全书》本）

辽东、梁水鲂，特肥而厚，尤美于中国鲂，故其乡语:“居就粮，梁水鲂。”鲔似鲂，厚而头大，鱼之不美者，故里语曰:“网鱼得鲔，不如啗茹。”其头尤大而肥者，徐州人谓之鲢，或谓之鳙。幽州人谓之鸮鹎，或谓之胡鳙。

这段注解可以联系我们今天餐桌上的砂锅鱼头，多么有趣呢？又如“蟋蟀在堂”

疏注云：

> 蟋蟀，似蝗而小，正黑，有光泽如漆，有角翅。一名蛩，一名蜻蛚，楚人谓之王孙，幽州人谓趣织，督促之言也。里语［曰］“趋织鸣，懒妇惊”是也。

这疏注也有意思，看来现在叫“蛐蛐”，正是一音之转。因为有的书中还写作“促织”。

有关草木虫鱼的著述，《诗经》《礼记》《楚辞》等先秦典籍开其端，《尔雅》《说文》以及陆玑等书的注释继其后，直到唐宋之后，各种“谱”“录”等书陆续出现。陆羽写了《茶经》，欧阳修写了《洛阳牡丹记》，蔡襄写了《荔枝谱》，范成大写了《梅谱》，连南宋的荒唐宰相贾似道还写了一本《促织经》，不少著名文人都爱好此道，注意到草木虫鱼的重要和情趣，笔之于书，给后人留下有意义、有情趣的著述。如都像韩愈那样，只懂得写《进学解》和《原道》，那岂不太寂窠耶？他如以写“黄昏到寺蝙蝠飞”的才情，写一本“蝙蝠谱”，该多么有意思呢？可惜没有，太遗憾了。

关于草木虫鱼的书，从先秦典籍，到唐宋以后的谱、录之类的小本书，再加《通志·草木虫鱼略》《本草纲目》《群芳谱》《广群芳谱》，等等，那真可以说洋洋乎蔚为大观了，单书目就能编写一大厚本。因此看，中国草木虫鱼的学问、草木虫鱼的文化，岂不真是懿欤盛哉吗？

在西方古典文献中，关于草木虫鱼的名著有《色耳彭的自然史》、法布尔的《昆虫记》等，都是写的极为细致而有情趣的书。但是不管中国古代文献也好、西洋文献也好，对于草木虫鱼的认识，比之于现代纯自然科学的研究，在深与真的程度上，那几乎是不成比例的。现在草木虫鱼的学问，在现代自然科学的领域中，已由过去的植物学、动物学、生物学、遗传学，等等，发展到现在的细胞学、胚胎学、生物化学、遗传工程等非常尖端的科学，一日千里，不断有重大突破。不过这些都是纯科学的研究，与中国传统人文科学对草木虫鱼的认识，是两种文化情趣的了。或者说现在自然科学中关于草木虫鱼的研究是纯物质的，而中国传统文化对于草木虫鱼的认识著述，有更多的精神上的成分存在。“记得绿罗裙，处处怜芳草”，“子非我，安知我不知鱼之乐”，怜芳草、知鱼乐，关于草木虫鱼的文化，除去纯物质的外，我想也还需要一点精神上的吧。